阅微草堂笔记（精选）

纪昀 著　　方晓 译

CNS 岳麓书社

前　言

《阅微草堂笔记》是清代纪昀（1724—1805，字晓岚）撰写的笔记小说，共二十四卷，计一千一百余则。纪昀二十四岁中举人，三十一岁成进士，官至礼部尚书、协办大学士，并任《四库全书》总纂修官。其晚年，在编纂《四库全书》之余，著述了《阅微草堂笔记》留给世人。

纪昀生活在清王朝国力鼎盛的“乾嘉时代”，他身居高位，能透过“盛世”的外表，以“说狐道怪”的形式揭露社会矛盾的尖锐和人性的阴暗面，举凡官吏的贪婪、小人的奸诈、道学家的虚伪、流氓无赖的可恶、平民百姓的生计艰难等，在书中都有较充分的展现。作者精妙的评点议论，更使作品具有惩恶扬善的“劝世”作用。但由于故事来源很广泛，作品难免精粗杂陈，良莠互见。在当时统治者严厉的思想钳制政策下，作者也只能“托鬼神以抒己见”，再加上封建社会迷信思想浓厚，科学知识贫乏，因而这类狐鬼故事使人半信半疑，客观上具有“愚民”的副作用。但如果剥去狐鬼的外衣，体察作者“意在言外”的良苦用心，仔细琢磨每一则故事的思想深意，就会发觉《阅微草堂笔记）确实是一部难得的笔记小说作品，其在中国文学史上应占据突出显要的地位。

《阅微草堂笔记》在当时凭借作者的特殊地位和作品本身轻松隽永的文笔，每撰成一卷，即在士大夫中广为传抄，书商亦竞相翻刻牟利，使之成为当时颇为流行的小说之一。时至今日，仍然拥有广泛的读者。我们选编的这个本子，系从原书一千余则故事中选取具有代表性的九十余则，并考虑到青少年读者的阅读理解能力，采用原文与白话文翻译对照的形式。不当之处，敬祈指正。

目　录

邻叟驯猪

【原文】

胡御史牧亭言，其里有人畜一猪，见邻叟，辄瞋目狂吼，奔突欲噬，见他人则否。邻叟初甚怒之，欲买而啖其肉。既而憬然省曰："此殆佛经所谓夙冤耶？世无不可解之冤。"乃以善价赎得，送佛寺为长生猪。后再见之，弭耳昵就，非复曩态矣。

尝见孙重画伏虎应真，有巴西李衎题曰："至人骑猛虎，驭之犹骐骥。岂伊本驯良？道力消其鸷。乃知天地间，有情皆可契。其保金石心，无为多畏忌。"可为此事作解也。

【译文】

据胡御史牧亭说，他老家有人养了一头猪，见了邻居老翁便瞪着眼睛发怒，猛奔过去咬他，见到别的人却不会这样。最初，邻翁很生气，想把猪买下杀了吃掉，以解心头之恨。不久忽然醒悟道："这大概就是佛经中所说的宿冤吧？人世间没有解不开的冤仇。"老翁便出好价钱把猪买下来，送到佛寺中，作为"长生猪"养起来。从此，猪见到老翁，就顺从地靠近他，没有往日那凶恶的样子了。

我曾见过孙重画的伏虎图，巴蜀西部的人李衎题诗曰：“至人骑猛虎，驭之犹麒麟。岂伊本驯良？道力消其鸷。乃知天地间，有情皆可契。其保金石心，无为多畏忌。”这首诗即可作为对这个故事的解释。

老学究

【原文】

爱堂先生言，闻有老学究夜行，忽遇其亡友。学究素刚直，亦不怖畏，问："君何往？"曰："吾为冥吏，至南村有所勾摄，适同路耳。"因并行。至一破屋，鬼曰："此文士庐也。"问："何以知之？"曰："凡人白昼营营，性灵汩没。唯睡时一念不生，元神朗澈。胸中所读之书，字字皆吐光芒，自百窍而出。其状缥缈缤纷，烂如锦绣。学如郑、孔，文如屈、宋、班、马者，上烛霄汉，与星月争辉。次者数丈，次者数尺，以渐而差。极下者亦荧荧如一灯，照映户牖，人不能见，唯鬼神见之耳。此室上光芒高七八尺，以是而知。"学究问："我读书一生，睡中光芒当几许？"鬼嗫嚅良久，曰："昨过君塾，君方昼寝。见君胸中高头讲章一部，墨卷五六百篇，经文七八十篇，策略三四十篇，字字化为黑烟，笼罩屋上。诸生诵读之声，如在浓云密雾中，实未见光芒，不敢妄语。"学究怒叱之。鬼大笑而去。

【译文】

据爱堂先生说，有一位老学究夜间赶路，忽然遇到他死去的朋友。老学究平素性情刚直，也不畏惧，便问亡友到哪里去？亡友说："我现为阴间差役，到南村去勾摄当死之人的魂魄，正好与你同路罢了。"于是二人同行，到了间破屋前，鬼友说："这是文人的屋子。"老学究问："你怎么知道？"鬼友说："一般的人在白天为生计忙碌，本性被遮蔽，只有在夜间睡下，什么也不去想，其本性才能明澈清朗，所读过的书，字字都在心头放射出光芒，透过人的孔窍照射出来。其形状缥缥缈缈，缤纷灿烂如锦绣。学问像郑玄、孔颖达，文章像屈原、宋玉、班超、司马迁的人，所发出的光芒，上可直冲霄汉，与星辰、月亮争辉；文才不如他们的，其光芒只有几丈，再次者只有几尺，依次而减。最次者，也有一点光，但荧荧如一盏油灯，只能照见自家的门窗。这种光，人是看不到的，只有鬼神能看到。这间房顶上的光芒高七八尺，我因此知道。"老学究问："我读了一辈子的经书，睡后光芒能有多高？"鬼友沉吟良久，说："昨天到你的私塾，你正在昼寝。见你的胸中，有高头讲章一部，五六百篇墨卷，七八十篇经文，三四十篇策略，字字化作一团黑烟，笼罩在你的屋顶上空；学生的诵读声，如在浓重的云雾之中，实未见到半点光芒，我可不敢说假话。"老学究听了，怒斥鬼友，鬼友大笑而去。

无赖吕四

【原文】

沧州城南上河涯，有无赖吕四，凶横无所不为，人畏如狼虎。一日薄暮，与诸恶少村外纳凉。忽隐隐闻雷声，风雨且至。遥见似一少妇，避入河干古庙中。吕语诸恶少曰："彼可淫也。"时已入夜，阴云暗黑。吕突入，掩其口，众共褫衣沓嬲。

俄电光穿牖，见状貌似是其妻。急释手问之，果不谬。吕大恚，欲提妻掷河中。妻大号曰："汝欲淫人，致人淫我，天理昭然，汝尚欲杀我耶！"吕语塞。急觅衣裤，已随风吹入河流矣。旁皇无计，乃自负裸妇归。云散月明，满村哗笑，争前问状。吕无可置对，竟自投于河。盖其妻归宁，约一月方归。不虞母家遘回禄，无屋可栖，乃先期返。吕不知，而遘此难。

后妻梦吕来曰："我业重，当永堕泥犁。缘生前事母尚尽孝，冥官检籍，得受蛇身，今往生矣。汝后夫不久至，善事新姑嫜。阴律不孝罪至重，毋自蹈冥司汤镬也。"至妻再醮日，屋角有赤练蛇，垂首下视，意似眷眷。妻忆前梦，方举首问之，俄闻门外鼓乐声，蛇于屋上跳掷数四，奋然去。

【译文】

沧州城南的上河涯，有一个叫吕四的无赖。他横行霸道，无恶不作，人们畏之如虎狼。一天黄昏，他与几个恶少在村外乘凉，忽然传来隐隐的雷声，风雨即刻将至。他远远地望见好像有一位少妇，急匆匆避到岸边的古庙里去了。吕四对其他恶少们说："那个女人可以玩玩。"这时天已黑下来，阴云密布，天地昏黑。吕四冲进去，将那女人的嘴捂住，其他几个恶少扒掉女人的衣服，轮奸了她。

不一会儿，一道电光穿窗而过，吕四借着电光，见这女人容貌好像自己的妻子。他急忙放手，一问果然不错。吕四大怒，要将妻子扔到河里。其妻大声哭喊道："你想玩弄别人家的女人，结果反让别人侮辱了我，这是天理昭然，你还要杀我！"吕四张口结舌，无话可说，急忙找衣服，却早被风吹到河里去了。吕四没法，只好把光着身子的妻子背回家中。这时，阴云散去。明亮的月光照着大地。全村人听了这事，都觉得可笑，争先恐后前来询问原委。吕四无以答对，羞愧难当，竟投河自尽了。原来他妻子回娘家，二人约定一个月才回来。不料娘家遭了火灾，没地方住，妻子使提前回家来。吕四不知这种情况，结果弄出了使自己出丑的巧事。

后来，吕四的妻子梦见吕四托梦说："我罪孽深重，应该永堕地狱，只因我生时对老母尽孝，冥府官吏查核籍册，我得以转世为蛇身，今天就去托生了。

你的后夫不久就到了，你要好好地对待你的新公婆。阴间对不孝的人处罚很重，不要因此死后在阴司下油锅。”吕四的妻子再嫁的那一天，见他家的屋角上有条赤练蛇，垂头向下寻视，颇有眷恋之情。吕四的妻子回想梦中的事，刚要抬头问，突然听得门外鼓乐喧天，那条赤练蛇在屋上蹦跳了几次，就一溜烟似地离开了。

周　虎

【原文】

献县周氏仆周虎，为狐所媚，二十余年如伉俪。尝语仆曰："吾炼形已四百余年，过去生中，于汝有业缘当补；一日不满，即一日不得升天。缘尽，吾当去耳。"一日，輾然自喜，又泫然自悲，语虎曰："月之十九日，吾缘尽当别。已为君相一妇，可聘定之。"因出白金付虎，俾备礼。自是狎昵燕婉，逾于平日，恒形影不离。至十五日，忽晨起告别。虎怪其先期，狐泣曰："业缘一日不可减，亦一日不可增，惟迟早则随所遇耳。吾留此三日缘，为再一相会地也。"越数年，果再至，欢洽三日而后去。临行呜咽曰："从此终天诀矣！"

陈德音先生曰："此狐善留其有余，惜福者当如是。"刘季箴则曰："三日后终须一别，何必暂留？此狐炼形四百年，尚未到悬崖撒手地位。临事者不当如是。"余谓二公之言，各明一义，各有当也。

【译文】

河北献县周家的仆人周虎被狐狸迷住了，二人如世间美满的夫妻一样，在一起生活了二十多年。狐狸曾对周虎说："我修炼成人形，已有四百多年了，前生我与你还有一段相处的时间，是当补上的。天意所使，一天不满，都不能升天。一旦缘分已尽，我自会离去。"一天，她脸上显出很高兴的样子，忽而又泫然泪下，显出很伤心的样子，对周虎说："这一月的十九日，我们的缘分已尽，我将要离开你。我已为你相中了一个配偶，你可送财礼将这门婚事定下来。"于是拿出白金交给周虎，以备聘礼使用。从此与周虎缠绵亲昵，更加恩爱，时刻形影不离。十五日早晨，早起与周虎告别。周虎责怪她怎么提前离开，狐狸流着泪说："所谓的缘分，是一日不可减，也一日不可增。只是早晚可由自己安排。我想在世间留下三天的缘分，以后好再与你相见。"过了几年，狐狸果然又来与周虎相见，欢聚三天后离去。临行前，她哭着说："从此，我们就永远分别了。"

陈德音先生说："这只狐狸善于留有余地，珍惜自己幸福的人，也应该如此。"刘季箴则说："三天后终究要分别，既然这样，何必再留下三天呢？此狐炼形已四百年，还没有到悬崖撒手的地步。处理事情不应该这样。"我认为二公所言，各说明了一个道理，也各有各的道理。

郑苏仙

【原文】

北村郑苏仙，一日梦至冥府，见阎罗王方录囚。有邻村一媪至殿前，王改容拱手，赐以杯茗，命冥吏速送生善处。郑私叩冥吏曰："此农家老妇，有何功德？"冥吏曰："是媪一生无利己损人心。夫利己之心，虽贤士大夫或不免。然利己者必损人，种种机械，因是而生，种种冤愆，因是而造。甚至贻臭万年，流毒四海，皆此一念为害也。此一村妇，而能自制其私心，读书讲学之儒，对之多愧色矣。何怪王之加礼乎？"郑素有心计，闻之惕然而寤。

郑又言："此媪未至以前，有一官公服昂然人，自称所至但饮一杯水，今无愧鬼神。"王哂曰："设官以治民，下至驿丞闸官，皆有利弊之当理。但不要钱即为好官，植木偶于堂，并水不饮，不更胜公乎？"官又辩曰："某虽无功，亦无罪。"王曰："公一生处处求自全，某狱某狱，避嫌疑而不言，非负民乎？某事某事，畏烦重而不举，非负国乎？三载考绩之谓何？无功即有罪矣。"官大踧踖，锋棱顿减。王徐顾笑曰："怪公盛气耳。平心而论，要是三四等好官，来生尚不失冠带。”促命即送转轮王。

观此二事，知人心微暖，鬼神皆得而窥。虽贤者一念之私，亦不免于责备。“相在尔室”，其信然乎。

【译文】

北村的郑苏仙，一天做梦到了阴曹地府，见阎王正在审查囚徒的罪状。一位邻村的老太太来到殿前，阎王脸色温和地对老太太拱手作礼，赐给老太太一杯茶，然后让手下的差役赶快送她到一个合适的地方投生。郑苏仙私下问差役：“这是一位普通的农妇，她有什么功德？”差役说：“这位老太太一生无损人利己之心。利己之心，即使是贤明之士都难免。有利己之心的人，必做损人之事，于是种种机诈手段随之而生，这样就必然造下种种冤孽罪过，甚至为了个人的野心，遗臭万年，流毒四海，都是因私心在为害啊！这位农妇能克制约束其私心，连那些读书达理有学问的人，在她面前都有愧色。阎王对她敬之以礼，就不足为怪了。”郑苏仙平日就是一个很有心计的人，听了这番话，不禁心中有所醒悟。

郑苏仙又说：“这位老太太未到来之前，有一位身穿官服、盛气凌人的人走进大殿，自称他所到之处只饮别人一杯水，因此面对鬼神，自觉心中无愧。”阎王轻蔑地说：“朝廷设置官员用来治理百姓，即使最低一级的驿官、闸官都有自己应尽的职责，仅仅以不取民财就自认为是好官，那么把一个木偶放在堂上，他连一杯水都不喝，不是更胜过你吗？’这位官员辩解说："我虽说无功，但也无过。"阎王说："你一生不论干什么，处处都考虑保全自己，某案某案，为了避免嫌疑你一言不发，这不是辜负了百姓吗？某事某事，你怕责任重大不去做，这不是有负于国家对你的重用吗？《尚书·舜典》中'三载考绩'是怎么说的？没有功劳者，即为有罪。"听罢，这位官员开始不安，锋芒顿时大减。阎王慢慢转过头笑着说："只怪你平生为事盛气凌人。平心而论，你也算得上个三四等的好官，来生也不失为仕途中人。"即命下属把这位官员送往转轮王。

通过这两件事，可知世人若有一点心思变化，鬼神都能知道。即使是好人，若有一念之私，也免不了受到责备。所谓"鬼神无处不在"，这话是确信无疑的。

无云和尚

【原文】

无云和尚，不知何许人。康熙中，挂单河间资胜寺，终日默坐，与语亦不答。一日，忽登禅床，以界尺拍案一声，泊然化去。视案上有偈曰：“削发辞家净六尘，自家且了自家身。仁民爱物无穷事，原有周公孔圣人。”佛法近墨，此僧乃近于杨。

【译文】

有个叫无云的和尚，不知他的来历。康熙年间，他在河间资胜寺暂住，整天默默地坐着，也不与别人答话。一天，他忽然登上禅床，用界尺拍打了一下几案，便静静地坐化了。他在几案上留下一首偈语：“削发辞家净六尘，自家且了自家身。仁民爱物无穷事，原有周公孔圣人。”佛家主张近于墨子，而这位无云和尚却接近杨朱。

戏术

【原文】

戏术，皆手法捷耳，然亦实有搬运术。忆小时在外祖雪峰先生家，一术士置杯酒于案，举掌拍之，杯陷入案中，口与案平。然扪案下，不见杯底。少选取出，案如故。此或障目法也。又举鱼脍一巨碗，抛掷空中不见。令其取回，则曰："不能矣。在书室画厨夹屉中，公等自取耳。"时以宾从杂沓，书室多古器，已严扃；且夹屉高仅二寸，碗高三四寸许，断不可入，疑其妄。姑呼钥启视，则碗置案上，换贮佛手五。原贮佛手之盘，乃换贮鱼脍藏夹屉中。是非搬运术乎？理所必无，事所或有，类如此，然实亦理之所有。狐怪山魈，盗取人物不为异，能劾禁狐怪山魈者亦不为异。既能劾禁，即可以役使；既能盗取人物，即可以代人盗取物。夫又何异焉？

【译文】

魔术戏法之类，大都是以手法快捷取胜，然而也真有搬运术的存在。记得小时在外祖雪峰先生家，见一个术士将一酒杯放在桌上，举手将酒杯一按，酒杯就深陷在桌子里，杯口与桌面平齐。然而用手摸摸桌子下面，并没有杯底。过一会儿，将杯子拿出来，桌面还是原样。这可能用的是一种障眼法。术士又用手举起一大碗切细的鱼肉，向空中一抛就不见了。叫他将鱼肉取回来，他说："取不回来了，鱼肉在书房画橱的抽屉里，你们自己去取吧。"当时在场的宾客很多，书屋中有许多古玩器，严严实实地锁着，并且画橱的抽屉不过二寸高，而大碗却高三四寸，是断然放不进去的，因此怀疑玩魔术的人胡说。于是喊人取钥匙开锁查看，发现那个大碗放在桌子上，碗里装了五个佛手；原先装佛手的盘子，换装了鱼肉，放在抽屉里。这不是搬运术吗？从理论上讲不存在什么搬运术，但事实上却是存在的，如上面所讲的这个故事。不过按理推之也讲得通。狐仙山怪盗取人的东西，人们不以为怪，术士能克制狐仙山怪，人们也不以为怪。既然能克制狐仙山怪，当然也能役使狐仙山怪；狐仙山怪既然能偷盗人们的东西，那么也能被人役使去偷东西。术士所为又有什么可奇怪的呢？

马 语

【原文】

交河老儒及润础，雍正乙卯乡试。晚至石门桥，客舍皆满，唯一小屋，窗临马枥，无肯居者，姑解装焉。群马跳踉，夜不得寐。人静后，忽闻马语。及爱观杂书，先记宋人说部中有堰下牛语事，知非鬼魅，屏息听之。一马曰："今日方知忍饥之苦。生前所欺隐草豆钱，竟在何处?"一马曰："我辈多由圉人转生，死者方知，生者不悟，可为太息。"众马皆呜咽。一马曰："冥判亦不甚公，王五何以得为犬?"一马曰："冥卒曾言之，渠一妻二女并淫滥，尽盗其钱与所欢，当罪之半矣。"一马曰："信然。罪有轻重，姜七堕豕身，受屠割，更我辈不若也。"及忽轻嗽，语遂寂。及恒举以戒圉人。

【译文】

交河县儒生及润础，雍正十三年参加乡试。晚上走到石门桥投宿，旅舍都客满了，只有一间小屋，因窗户挨近马棚，没有人肯住。及润础没法，只好勉强住下。马棚里的马很不安分，弄得及润础不能安睡。夜深人静时，他忽然听见马在说话。及润础素有爱看闲书的癖好，记得先前看过宋人所写的小说中，记载有堰下牛语的事，知道这不是鬼魅作怪，便屏息窃听。一匹马说：“今天才知忍饥挨饿不好受，生前克扣的草料钱，也不知弄到什么地方去了？”另一匹马说：“我们多是由养马人转生的，死后才知道，生时却不醒悟，实在可叹。”群马呜咽哭泣。一匹马说：“阴司的判决也不很公平，王五怎么会转生为狗？”另一匹马又说：“阴司卒隶曾说过，他的妻子与两个女儿，都不是正经东西，他们都偷钱送给自己相好的人，所以他的罪过只有一半属于他。”又有一匹马说：“实际情况也就是这样，罪过也有轻重之分。姜七转生为猪，身受宰割之苦，还不如我们呢。”及润础忽然轻轻咳嗽了一声，马就不再对话了。及润础后来经常用这个例子来规劝养马人。

和尚先知先觉

【原文】

范蘅洲言，昔渡钱塘江，有一僧附舟，径置坐具，倚樯竿，不相问讯。与之语，口漫应，目视他处，神意殊不属。蘅洲怪其傲，亦不再言。时西风过急，蘅洲偶得二句，曰："白浪簸船头，行人怯石尤。"下联未属，吟哦数四。僧忽闭目微吟曰："如何红袖女，尚倚最高楼?"蘅洲不省所云，再与语，仍不答。比系缆，恰一少女立楼上，正着红袖，乃大惊。再三致诘，曰："偶望见耳。"然烟水渺茫，庐舍遮映，实无望见理，疑其前知。欲作礼，则已振锡去。蘅洲惘然莫测，曰："此又一骆宾王矣!"

【译文】

据范蘅洲说，从前渡钱塘江，有一个和尚和他一同搭船，把坐具放在船上，倚着桅杆，也不与其他人打招呼。别人与他说话，他只是口中随便应答而已，眼睛却望着别的地方，一副心不在焉的样子。范蘅洲觉得和尚太傲慢，也不再与他答话。当时西风很大，范蘅洲诗兴大发，就偶成两句："白浪簸船头，行人怯石尤。"下联的两句还未构思妥帖，只好反复吟咏上联两句。和尚忽然闭上眼睛，轻声地吟道："如何红袖女，尚倚最高楼？"范蘅洲不知其所云。又与和尚说话，和尚仍然不回答。待船到岸边系缆绳的时候，见一位少女站在岸边的楼上，正穿着红衣。范蘅洲大惊，再三询问和尚。和尚说："我偶然望见罢了。"然而当时船在江中，烟波浩渺，庐舍遮挡，和尚根本望不见对岸的景物。范蘅洲怀疑和尚有先知先觉的本领，正要向他致意敬礼，和尚却已拄着锡杖走了。范蘅洲怅然地说："这又是一个骆宾王！"

菜　人

【原文】

景城西偏，有数荒冢，将平矣。小时过之，老仆施祥指曰："是即周某子孙，以一善延三世者也。"盖前明崇祯末，河南、山东大旱蝗，草根木皮皆尽。乃以人为粮，官吏弗能禁。妇女幼孩，反接鬻于市，谓之菜人。屠者买去，如刲羊豕。周氏之祖，自东昌商贩归，至肆午餐。屠者曰："肉尽，请少待。"俄见曳二女子入厨下，呼曰："客待久，可先取一蹄来。"急出止之。闻长号一声，则一女已生断右臂，宛转地上。一女战栗无人色。见周，并哀呼，一求速死，一求救。周恻然心动，并出资赎之。一无生理，急刺其心死。一携归。因无子，纳为妾。竟生一男，右臂有红丝，自腋下绕肩胛，宛然断臂女也。后传三世乃绝。皆言周本无子，此三世乃一善所延云。

【译文】

景城西郊有几座荒坟，几乎与地面一样平了。小时路过此地，仆人施祥指着荒坟对我说："这儿埋的是周某的子孙，因为他做了一件善事，延嗣了三代子孙。"大概是在明朝崇祯末年，河南、山东连遭旱灾、虫灾，连树皮草根也吃光了，人们不得不以人肉为粮食，官吏也管不了。妇女小孩被绑到市场去卖，称之为菜人。屠户买去，像宰杀猪羊一样。周某的祖上从东昌做生意回来，在一个酒店吃饭。屠夫说："客官，肉没了，请稍等。"一会儿，只见他拉了两个女子进了厨房，招呼道："客人久等了，赶快先砍个蹄膀来。"周某的祖上急忙出来阻止，只听一声长哭，一个女子的右臂已落地，疼得在地上打滚。另一个吓得面无人色。见了周某祖上，两人一起哀叫，一个求屠夫赶紧杀了自己，一个求救命。周某的祖上痛心不已，心怀善意，出钱赎回了两个女子。断臂女子救不活了，用刀刺其心让其速死。另一个带回去，自己又没儿子，于是收她为妾。这个妾为他生了个儿子，右臂上有根红线，从腋下绕至肩上，好像断臂女子。此后周氏传了三代香火。人们都说，周某的祖上本来命中注定不会有儿子，却因为做了件大善事而延续了三代。

青县贞妇

【原文】

青县农家少妇，性轻佻。随其夫操作，形影不离。恒相对嬉笑，不避忌人。或夏夜并宿瓜圃中，皆薄其冶荡。然对他人，则面如寒铁。或私挑之，必峻拒。后遇劫盗，身受七刃，犹诟詈，卒不污而死。又皆惊其贞烈。老儒刘君琢曰："此所谓质美而未学也。惟笃于夫妇，故矢死不二。惟不知礼法，故情欲之感，介于仪容；燕昵之私，形于动静。"辛彤甫先生曰："程子有言：'凡避嫌者，皆中不足。'此妇中无他肠，故坦然径行不自疑。此其所以能守死也。彼好立崖岸者，吾见之矣。"先姚安公曰："刘君正论，辛君有激之言也。"后其夫夜守豆田，独宿团焦中。忽见妇来，燕婉如平日，曰："冥官以我贞烈，判来生中乙榜，官县令。我念君，不欲往。乞辞官禄为游魂，长得随君。冥官哀我，许之矣。"夫为感泣，誓不他偶。自是昼隐夜来，几二十载，儿童或亦窥见之。此康熙末年事，姚安公能举其姓名居址，今忘矣。

【译文】

青县一农家少妇，性格轻佻风流，丈夫去干活，她跟着去，与丈夫总是形影不离。两人嬉笑取乐，旁若无人，有时候夏夜就睡在瓜园里不回家。人们都有点看不起她，指责她风骚淫荡。但她对别的男人，却冷若冰霜，有人挑逗她，她必定严厉拒绝。后来她遇到强盗，身上受了七处刀伤，仍大骂不止，保住了贞洁却含恨死去。于是，人们又惊叹于她的贞烈。老先生刘君琢说："这就是所谓的本质美而缺乏培养。正由于忠于丈夫，才有如此誓死不从奸之情，而又由于不知礼法，所以情感欲望表现在脸上，夫妇间的亲昵也体现于行动上。"辛彤甫先生说："程颐说：'凡是避嫌疑的人，内心都有欠缺。'这个女人心中没有别的想法，所以坦然随心所欲无所顾忌。这就是她守节而死的原因。那些喜欢标榜、道貌岸然的人我见得多了。"先父姚安公说："刘君的看法较为公正，辛君的看法有点偏激。"后来，这个农家妇女的丈夫在夜里看守豆田，独自睡在草屋里，忽然见妻子来，两人还像以前一样欢洽。她说："阴间的官员看我贞烈，判我来生中举，当县令。我想念你，不想去，请求做一个自由自在的游魂，能长年陪伴你。那官员同情我，答应了。"丈夫感动得流泪，发誓不再娶妻。从此，她白天离去晚上又来，持续了将近二十年。有的孩子曾偷偷地看到过她。这是康熙末年的事，姚安公说起过他的姓名住址，我如今忘掉了。

方　桂

【原文】

方桂，乌鲁木齐流人子也。言尝牧马山中，一马忽逸去。蹑踪往觅，隔岭闻嘶声，甚厉。寻声至一幽谷，见数物，似人似兽。周身鳞皴斑驳如古松，发蓬蓬如羽葆，目睛突出，色纯白，如嵌二鸡卵，共按马生啮其肉。牧人多携铳自防，桂故顽劣，因升树放铳。物悉入深林去，马已半躯被啖矣。后不再见，迄不知为何物也。

【译文】

方桂是乌鲁木齐流民的儿子。他说，一次在山中牧马，有匹马突然跑了。他跟踪追寻，听到马嘶声从山那边传来，声音十分凄厉。寻声到了一个山谷，看见有几个似人非人似兽非兽的怪物，全身生鳞，像古松的皮，头发乱蓬蓬，眼睛凸起，纯白色，好像眼眶里装了两个鸡蛋。这几个怪物一齐强按住马生吃其肉。牧马人一般都带着火铳保身，方桂原来比较顽劣，于是爬上树举铳射击，怪物顷刻逃入深林中去了，而马已经被吃掉了一半。他后来再也没有看见这种怪物，至今也不知是什么东西。

药　帖

【原文】

内阁学士永公，讳宁，婴疾，颇委顿。延医诊视，未遽愈。改延一医，索前医所用药帖，弗得。公以为小婢误置他处，责使搜索，云不得且笞汝。方倚枕憩息，恍惚有人跪灯下曰：“公勿笞婢，此药帖小人所藏。小人即公为臬司时平反得生之囚也。”问：“藏药帖何意?”曰：“医家同类皆相忌，务改前医之方，以见所长。公所服药不误，特初试一剂，力尚未至耳。使后医见方，必相反以立异，则公殆矣。所以小人阴窃之。”公方昏闷，亦未思及其为鬼。稍顷始悟，悚然汗下。乃称前方已失，不复记忆，请后医别疏方。视所用药，则仍前医方也。因连进数剂，病霍然如失。公镇乌鲁木齐日，亲为余言之，曰：“此鬼可谓谙悉世情矣。”

【译文】

内阁学士永宁为病所累，精神萎靡不振。请大夫诊治，一时之间也未痊愈。改请一医，这个医生索要前一位医生开的药方，没有找到。永公以为小婢放错了地方，叫她仔细找找，并威胁她如找不到就要鞭打她。永公正靠着枕头休息，朦胧中见有个人跪在灯下说："您不要打她，药方是小人藏起来的，小人就是您任按察使时被您救出的囚犯。"永公问："你藏药方干什么？"回答道："医家同行相妒，他一定改前一个医生的药方，以显示自家的高明。您服的药没错，只是刚服一剂，药力还没发挥出来，若叫后一个医生见了药方，他一定改前一个医生的药方来显示自己的高明，那您就危险了。所以，小人偷了药方。"永公昏昏沉沉，也没想到对方是鬼。过了一会儿才猛醒过来，惊出一身冷汗。于是他说前一个医生的药方已经丢失，记不起了，请后一医生另开药方。看这个医生所用的药，与前一个医用的一样。于是，连服了几剂，病很快好了。永公镇守乌鲁木齐时，亲自给我讲了这事，说："这个鬼真的懂得人情世故啊。"

仆人报怨

【原文】

史松涛先生，讳茂，华州人，官至太常寺卿，与先姚安公为契友。余十四五时，忆其与先姚安公谈一事曰："某公尝棰杀一干仆。"后附一痴婢，与某公辩曰："奴舞弊当死，然主人杀奴，奴实不甘。主人高爵厚禄，不过于奴之受恩乎？卖官鬻爵，积金至巨万，不过于奴之受赂乎？某事某事，颠倒是非，出入生死，不过于奴之窃弄权柄乎？主人可负国，奈何责奴负主人？主人杀奴，奴实不甘！"某公怒而击之，仆犹呜呜不已。后某公亦不令终。因叹曰："吾曹断断不至足。然旅进旅退，坐食俸钱，而每责童婢不事事，毋乃亦腹诽矣乎？"

【译文】

史松涛先生，名茂，华州人，官至太常寺卿，与先父姚安公交情颇深。我十四五岁时，记得他与先父谈到一件事，说某公曾打死了一个很能干的仆人，后来，这个仆人附魂于一个呆痴的婢女身上，和某公辩论："我营私舞弊，罪当该死，但你杀我，实不甘心。如今你高官厚禄，不是超过我所受的恩惠了么？你卖官鬻爵，积累家财巨万，不是远远超过我受的贿赂吗？某件事情，你颠倒是非，混淆生死，不是超过我的玩弄权术吗？你可以负国，为何责备我负你？”某公大怒，把婢女打倒在地，她嘴里仍骂个不停。后来某公也不得善终。于是史松涛叹道：“我们绝对不会到这步田地，不过我等和众人一样随波逐流，坐享俸禄，却常责备奴仆们不干活，他们岂不也在心里怨我们么？”

荔　姐

【原文】

满媪，余弟乳母也，有女曰荔姐，嫁为近村民家妻。一日，闻母病，不及待婿同行，遽狼狈而来。时已入夜，缺月微明，顾见一人追之急，度是强暴，而旷野无可呼救。乃隐身古冢白杨下，纳簪珥怀中，解络系颈，披发吐舌，瞪目直视以待。其人将近，反招之坐。及逼视，知为缢鬼，惊仆不起。荔姐竟狂奔得免。比入门，举家大骇。徐问得实，且怒且笑，方议向邻里追问。次日，喧传某家少年遇鬼中恶，其鬼今尚随之，已发狂谵语。后医药符箓皆无验，竟颠痫终身。此或由恐怖之余，邪魅乘机而中之，未可知也。或一切幻象，由心而造，未可知也。或明神殛恶，阴夺其魄，亦未可知也。然均可为狂且戒。

【译文】

满媪，是我弟弟的奶妈，她有个女儿叫荔姐，嫁到近村民家为妻。一天，听说母亲病了，等不及和丈夫同来，就赶紧一个人来了。当时天已经黑了，残月的微光中，她看见一个人在后边追她。她估计是暴徒，而旷野中又喊不到人救命。于是躲在古坟的白杨树下，把首饰等放进怀里，解下带子系在脖子上，弄散头发，吐出舌头直愣愣瞪着眼等着。那个人追上来了，她反而招呼他坐下。那人就近一看，是个吊死鬼，吓得站不起来。于是荔姐得以逃了回来。待进了门，全家大惊。家人慢慢问明了实情，又怒又笑，商量要打听那人是谁。第二天，人们纷纷传说某家的少年遇鬼中了邪，鬼至今还附在他身上，已经发疯，胡言乱语。后来看医吃药，请道士术士都不管用，竟然患了终生癫痫病。这可能是受了惊吓之后，鬼魅乘机制住了他。或者是他所见到的一切幻象都是他想象出来的。也可能是神灵惩罚他，暗夺了他的魂魄。然而这些都可让那些轻薄风流少年引以为戒。

僧　诈

【原文】

景城南有破寺，四无居人。唯一僧携二弟子司香火，皆蠢蠢如村佣，见人不能为礼。然谲诈殊甚，阴市松脂炼为末，夜以纸卷燃火撒空中，焰光四射。望见趋问，则师弟键户酣寝，皆曰不知。又阴市戏场佛衣，作菩萨罗汉形，月夜或立屋脊，或隐映寺门树下。望见趋问，亦云无睹。或举所见语之，则合掌曰："佛在西天，到此破落寺院何为？官司方禁白莲教，与公无仇，何必造此语祸我？"人益信为佛示现，檀施日多。然寺日颓敝，不肯葺一瓦一椽，曰："此方人喜作蜚语，每言此寺多怪异。再一庄严，惑众者益藉口矣。"积十余年，渐致富。忽盗瞰其室，师弟并拷死，罄其资去。官检所遗囊箧，得松脂戏衣之类，始悟其奸。此前明崇祯末事。先高祖厚斋公曰："此僧以不蛊惑为蛊惑，亦至巧矣。然蛊惑所得，适以自戕，虽谓之至拙可也。"

【译文】

景城南边有座破寺庙，附近无人住，只有一个和尚带着两个弟子管理寺庙，料理香火，但两弟子都像村里的佣人一样蠢，连见到施主行礼都不知道。但他们却十分狡诈，偷偷买来松脂，碾成粉末，夜里用纸卷起点着，撒向空中，于是，火光四射。看见火光的人都来询问，而师徒三人却插着门酣睡，都说不知道。他们又暗地买来唱戏的佛衣，扮作菩萨、罗汉，在月夜或站在屋脊上，或躲在寺门树下。看到过的人来问他们见过没有，他们也说没看见。有人把所见告诉他们，三师徒便合掌说："佛在西天，来这破庙做甚？官方正追查白莲教，我们与你无冤无仇，何必造这样的谣言来害我？"人们从此更加相信是真佛现身，所以施舍的人越来越多。然而寺庙日趋破落，而和尚又不肯整修。他们说："这儿的人爱捕风捉影，总说这寺庙有些怪异，若再加整修，这些人更有借口了。"十多年后，师徒三人靠施舍渐渐致富。不料却招来了强盗，打死了师徒三人，抢走了所有的钱财。官府检查留下来的箱袋，发现了松脂、戏装等物，这才发现了和尚们的阴谋。这是明代崇祯年间的事。我的高祖厚斋公说："这几个和尚表面老实，实际骗人手法也够巧妙。但他们却因骗财害了自己，若说他们很蠢，也未尝不可。"

魂随骨返

【原文】

何励庵先生言，十三四时，随父罢官还京师。人多舟狭，遂布席于巨箱上寝。夜分，觉有一掌扪之，其冷如冰，魇良久乃醒。后夜夜皆然。谓是神虚，服药亦无效，至登陆乃已。后知箱乃其仆物。仆母卒于官署，厝郊外。临行阴焚其柩，而以衣包骨匿箱中。当由人眠其上，魂不得安，故作是变怪也。然则旅魂随骨返，信有之矣。

【译文】

何励庵先生说，十三四岁时，他随着父亲罢官回京。由于人多船窄，于是把席子铺在大箱子上睡觉。夜里觉得有一只手压住他，手掌冰凉，这样压了好久才醒来，以后夜夜如此。说是气虚，但吃过药也不管用，可是上了岸就好了。后来知道这个箱子是仆人的。仆人的母亲死在官署，暂放在郊外，临走时，仆人偷偷地把母亲灵柩烧了，用衣服包了遗骨，藏在箱子里。也许因为人睡在大箱子上，鬼魂不得安宁，所以出现这种怪异之事。照这样说，外乡的游魂能随遗骨回家的说法，确信是真的。

假雷击人

【原文】

雍正壬子六月，夜大雷雨，献县城西有村民为雷击。县令明公晟往验，饬棺殓矣。越半月余，忽拘一人，讯之曰："尔买火药何为？"曰："以取鸟。"诘曰："以铳击雀，少不过数钱。多至两许，足一日用矣。尔买二三十斤何也？"曰："备多日之用。"又诘曰："尔买火药未满一月，计所用不过一二斤，其余今贮何处？"其人词穷。刑鞫之，果得因奸谋杀状，与妇并伏法。

或问："何以知为此人？"曰："火药非数十斤不能伪为雷，合药必以硫黄。今方盛夏，非年节放爆竹时，买硫黄者可数。吾阴使人至市察买硫黄者谁多，皆曰某匠。又阴察某匠卖药于何人，皆曰某人。是以知之。"又问："何以知雷为伪作？"曰："雷击人自上而下，不裂地。其或毁屋，亦自上而下。今苫草屋梁皆飞起，土炕之面亦揭去，知火从下起矣。又此地去城五六里，雷电相同。是夜雷电虽迅烈，然皆盘绕云中，无下击之状。是以知之。尔时其妇先归宁，难以研问，故必先得是人，而后妇可鞫。"此令可谓明察矣！

【译文】

雍正十年六月的一个夜里雷雨交加，献县城西有一个村民被雷击死。县令明晟去查看了现场，命令把尸体装入棺材埋掉。半个月后，县令忽然抓来一个人问：“你买火药是何用意?”这人说：“用来打鸟。”县令诘问道：“用枪打鸟，火药少得不过用几钱，至多也不过一两就能用一天，你买二三十斤干什么?”这人说：“准备用许多天。”县令又说：“你买火药不到一月，算来用过的不过一二斤，其余的都放在哪里?”这人答不上来了。经过用刑审问，他交代了因奸谋杀的罪状，于是和奸妇一起伏法。

有人问：“怎么知道凶手是他?”县令说：“火药非几十斤不能伪装成雷击的效果，配药必用硫磺。如今正是盛夏，不是年末放爆竹之时，没几个人买硫磺。我暗中派人到市场查问谁买得最多，回答说是某匠人。又暗查某匠人把药卖给了什么人，都说是某人，所以就知道是他了。”又问：“怎么知道雷击是假的?”县令说：“雷击人，从上而下，地不裂。雷毁屋也是自上而下。如今苫草、屋梁都飞了起来，土炕面也揭了起来，可知火是从下面起来的。另外，这儿离城五六里，雷电应该一样，那天夜里雷电虽然很厉害，但都在云层中盘绕，没有下击的情况，因此知道是伪造了现场。那时，死者的妻子已先回娘家，难以审问，所以一定要先捉到这个人，然后才能审讯那女人。”这个县令可谓明察秋毫啊!

陈　四

【原文】

农夫陈四，夏夜在团焦守瓜田，遥见老柳树下，隐隐有数人影。疑盗瓜者，假寐听之。中一人曰："不知陈四已睡未?"又一人曰："陈四不过数日，即来从我辈游，何畏之有?昨上直土神祠，见城隍牒矣。"又一人曰："君不知耶?陈四延寿矣。"众问何故，曰："某家失钱二千文，其婢鞭捶数百未承。婢之父亦愤曰：'生女如是，不如无。倘果盗，吾必缢杀之。'婢曰：'是不承死，承亦死也。'呼天泣。陈四之母怜之，阴典衣得钱二千，捧还主人曰：'老妇昏愦，一时见利取此钱，意谓主人积钱多，未必遽算出。不料累此婢，心实惶愧。钱尚未用，谨冒死自首，免结来世冤。老妇亦无颜居此，请从此辞。'婢因得免。土神嘉其不辞自污以救人，达城隍，城隍达东岳。东岳检籍，此妇当老而丧子，冻饿死。以是功德，判陈四借来生之寿于今生，俾养其母。尔昨下直，未知也。"陈四方窃愤母以盗钱见逐，至是乃释然。后九年，母死。葬事毕，无疾而逝。

【译文】

农夫陈四，夏夜在草棚里守瓜田，远望柳树下隐约有几个人影，他以为是偷瓜的，便假装睡觉静听。其中一个人说："不知陈四睡了没有？"另一个人说："陈四过不了几天，便和我们在一起了，怕他什么？昨天我去土神祠值班，看见城隍的牒文了。"又一个人说："你不知道么？陈四延寿了。"大家问怎么回事。这人说："某家丢了两千文钱，婢女挨了几百鞭子也不承认是她偷的。婢女的父亲很生气，说：'生了这样的女儿，不如不生，如果是她偷的，非勒死她不可。'婢女说：'我承认是死，不承认也是死。'说完呼天抢地地大哭。陈四的母亲同情她，偷偷地把衣服当了，换了二千文钱，还给主人说：'我这老婆子糊涂，见利忘义偷了这些钱，认为主人钱多，未必能马上发现。不料牵连了这个婢女，心中实在害怕。钱还未用，我冒死自首，以免结下来生的冤孽。我没脸住在这儿了，从此将到别的地方去。'婢女于是得救。土神称赞她不顾毁了自己而救他人，报告给城隍，城隍报告了东岳。东岳查阅名册，发现这老妇命该晚年丧子，冻饿而死。因有这个功德，判陈四借来生的寿命，以使他在今生抚养母亲。你昨天值完班走了，不知道。"陈四心中正愤恨母亲因偷钱被赶走，至此时才心中石头落地。又过了九年，母亲去世。丧事结束后，陈四没什么病也去世了。

二塾师

【原文】

有两塾师邻村居，皆以道学自任。一日，相邀会讲，生徒侍坐者十余人。方辩论性天，剖析理欲，严词正色，如对圣贤。忽微风飒然，吹片纸落阶下，旋舞不止。生徒拾视之，则二人谋夺一寡妇田，往来密商之札也。此或神恶其伪，故巧发其奸欤？然操此术者众矣，固未尝一一败也。闻此札既露，其计不行，寡妇之田竟得保。当由茕嫠苦节，感动幽冥，故示是灵异，以阴为呵护云尔。

【译文】

有两个私塾先生邻村而居，都以道学家自居。一日，两人相邀一起举办讲学活动，有十多个门生听讲。两人正讨论性天之说，剖析天理人欲，讲的时候都表情严肃，义正辞严，好像面对圣贤一样。忽然一阵微风拂来，将一片纸吹到台阶下，在地上旋转不停。门生拾来一看，原来是两位私塾先生为夺取一位寡妇的田而往来密谋的信件。这可能是鬼神讨厌他们的虚伪，所以巧妙地揭发其阴谋吧，然而干坏事的人不止一个，当然不会一一败露。听说此信被公开，其阴谋便行不通了，寡妇的田竟然得以保存。有人说由于寡妇守节，感动了鬼神，所以鬼神用这种手法暗中庇护她。

五台僧

【原文】

白衣庵僧明玉言，昔五台一僧，夜恒梦至地狱，见种种变相。有老宿教以精意诵经，其梦弥甚，遂渐至委顿。又一老宿曰："是必汝未出家前，曾造恶业。出家后渐明因果，自知必堕地狱，生恐怖心。以恐怖心，造成诸相，故诵经弥笃，幻象弥增。夫佛法广大，容人忏悔，一切恶业，应念皆消。'放下屠刀，立地成佛。'汝不闻之乎？"是僧闻言，即对佛发愿，勇猛精进，自是宴然无梦矣。

【译文】

白衣庵和尚明玉说，从前五台山有一个和尚，夜里常做梦到了地狱，看到许多可怕的景象。有位老先生教他一心诵经，结果梦做得更厉害，以至身体渐渐衰弱下来。又有一位老先生说："这肯定是你在没出家前，曾留下了罪孽，出家后，渐渐懂得了因果报应，自知死后必定坠入地狱，因此很恐怖，由此产生种种可怕的景象，所以越是一心诵经，幻象也越多。佛法无边，容许人回头是岸，一切罪孽，只要诚心悔过便全都消除。'放下屠刀，立地成佛'，你没听说这句话么？"这和尚听了，即对佛发愿，翻然悔改，弃旧从新，从此便不再做噩梦了。

张　福

【原文】

张福，杜林镇人也，以负贩为业。一日，与里豪争路，豪挥仆推堕石桥下。时河冰方结，觚棱如锋刃，颅骨破裂，仅奄奄存一息。里胥故嗛豪，遽闻于官。官利其财，狱颇急。福遣母谓豪曰："君偿我命，与我何益？能为我养老母幼子，则乘我未绝，我到官言失足堕桥下。"豪诺之。福粗知字义，尚能忍痛自书状。生供凿凿，官吏无如何也。福死之后，豪竟负约。其母屡控于官，终以生供有据，不能直。豪后乘醉夜行，亦马蹶堕桥死。皆曰："是负福之报矣。"

先姚安公曰："甚哉，治狱之难也！而命案尤难。有顶凶者，甘为人代死；有贿和者，甘鬻其所亲。斯已猝不易诘矣。至于被杀之人，手书供状，云非是人之所杀。此虽皋陶听之，不能入其罪也。倘非负约不偿，致遭鬼殛，则竟以财免矣。讼情万变，何所不有，司刑者可据理率断哉？"

【译文】

张福，杜林镇人，靠贩运货物为生。有一天，他与土豪争道，土豪指使仆从把他推到石桥下。当时河上刚刚冻结，冰凌像锋刃一样尖锐。他摔下去后，颅骨破裂，奄奄一息。乡官原先就怨恨土豪，于是立即报告了官府。官府见土豪钱财多，案子追得很紧急。张福暗地里让母亲告诉土豪："你给我偿命，对我有什么好处呢？如果你愿意帮我赡养老母和幼子，那么我会趁着自己还没有咽气前，到官府说是我由于失足才掉到桥下去的。"土豪答应他。张福略微认识几个字，还能够忍住疼痛自己书写状子。他的口供实实在在，官府也无可奈何。张福死了以后，土豪竟然毁约不履行诺言。张母三番五次告到官府，最后仍因为张福有口供，不能翻案。土豪后来喝醉酒夜行，马绊倒了，他也掉到桥下摔死了。大家都道："这是欺骗张福的报应啊。"

先父姚安公评说："审理案件是真难啊！而审理命案更是难上加难。有顶替凶手的，心甘情愿代人去死；有贿赂讲和的，心甘情愿出卖亲朋好友。这些已经足够令人措手不及，难以审理出个水落石出。至于被杀的人，自己亲手写下口供，说并非此人所杀。这就是请皋陶出面审理，肯定也不能定罪。如果不是毁约以致遭受到鬼神的惩罚，则会由于有钱财而逃脱了。案情千变万化，无所不有，掌管刑法的官员可以依据事理而轻率地断案么？"

古寺鬼语

【原文】

余督学闽中时，幕友钟忻湖言，其友昔在某公幕，因会勘宿古寺中。月色曚胧，见某公窗下有人影，徘徊良久，冉冉上钟楼去。心知为鬼魅，然素有胆，竟蹑往寻之。至则楼门锁闭，楼上似有二人语，其一曰："君何以空返?"其一曰："此地罕有官吏至，今幸两官共宿，将俟人静讼吾冤。顷窃听所言，非揣摩迎合之方，即消弭弥缝之术。是不足以办吾事，故废然返。"语毕，似有太息声。再听之，竟寂然矣。次日阴告主人，果变色摇手，戒勿多事，迄不知其何冤也。

余谓此君友有嗛于主人，故造斯言，形容其巧于趋避，为鬼揶揄耳。若就此一事而论，鬼非目睹，语未耳闻，恍惚杳冥，茫无实据，虽阎罗包老，亦不可措手，顾乃责之于某公乎?

【译文】

我被任命为福建学政的时候，听幕僚钟忻湖说，他的朋友从前在某公手下做事，由于调查一件公事而留宿在古庙里。夜晚月色朦朦胧胧，这位朋友看见某公窗下有一个人影，徘徊了很久，然后飘飘荡荡地上了钟楼。他心里知道这是鬼怪，但是他一向大胆，竟然跟踪着上去寻找。到了目的地却见楼门上锁，楼上似乎有两个人在说话。一个说："你怎么白跑了一趟？"另一个回答："这个地方极少有官员来，今天庆幸有两位官员一同在这儿住宿，本来打算等待夜深人静后向他们讲述我的冤情。可是，刚才偷听他们的谈话，不是揣摩迎合的办法，就是商量涂抹稀泥的计谋。他们不能够了却我的冤枉事，所以白跑了一趟。"说完话，好像有叹息的声音。再接着听下去，就一切静悄悄了。第二天，这位朋友偷偷地告诉了某公，某公果然脸色大变，不停地摇手，告诫他不要多事。因此至今依旧不知道那个鬼怪有什么冤情。

我认为，这位朋友可能对某公有不满情绪，才编出如此一段故事，来借以形容某公善于趋利避祸，被鬼怪嘲笑。假如就这件事情而论，则某公既没有亲眼目睹鬼怪，也没有听见鬼怪喊冤，恍恍惚惚地没有真凭实据，即使是阎王、包公，仍然会无从下手，我们又怎么可以因此而去责备某公呢？

曹二媳妇

【原文】

佃户曹二妇悍甚，动辄诃詈风雨，诟谇鬼神。乡邻里闾，一语不合，即揎袖露臂，携二捣衣杵，奋呼跳掷如虓虎。一日，乘阴雨出窃麦。忽风雷大作，巨雹如鹅卵，已中伤仆地。忽风卷一五斗栲栳堕其前，顶之得不死。岂天亦畏其横欤？或曰："是虽暴戾，而善事其姑。每与人斗，姑叱之，辄弭伏。姑批其颊，亦跪而受。"然则遇难不死，有由矣。孔子曰："夫孝，天之经也，地之义也。"岂不然乎？

【译文】

佃户曹二的媳妇很泼辣，动不动就指天骂地，甚至辱骂鬼神。她和邻里乡亲一句话不对劲，便挽起袖子，拿着两根捣衣棒，呼叫跳跃像头母老虎。有一天，她乘着阴雨天去没人看守的田地偷麦子，忽然风雷大作，冰雹劈天盖地从空而降，有鹅蛋那么大，把她砸倒在地。这时，大风忽然又卷来一个能装五斗粮的栲栳，掉在她面前，她急中生智，忙把栲栳顶在头上才幸免一死。莫非上天也怕她蛮横？有人说："她虽然个性凶暴，但对婆婆很孝顺，每当她和别人争斗时，婆婆一呵斥她，她便不出声了。婆婆打她的嘴巴，她也还跪着领受。”可见遇难不死是有原因的。孔子说：“孝道是天经地义之事。”难道不是这样么？

鬼　隐

【原文】

戴东原言，明季有宋某者，卜葬地，至歙县深山中，日薄暮，风雨欲来，见岩下有洞，投之暂避。闻洞内人语曰：“此中有鬼，君勿入。”问：“汝何以入？”曰：“身即鬼也。”宋请一见，曰：“与君相见，则阴阳气战，君必寒热小不安。不如君爇火自卫，遥作隔座谈也。”宋问：“君必有墓，何以居此？”曰：“吾神宗时为县令，恶仕宦者货利相攘，进取相轧，乃弃职归田。殁而祈于阎罗，勿轮回人世。遂以来生禄秩，改注阴官。不虞幽冥之中，相攘相轧，亦复如此，又弃职归墓。墓居群鬼之间，往来嚣杂，不胜其烦，不得已避居于此。虽凄风苦雨，萧索难堪，较诸宦海风波，世途机阱，则如生忉利天矣。寂历空山，都忘甲子。与鬼相隔者，不知几年；与人相隔者，更不知几年。自喜解脱万缘，冥心造化，不意又通人迹，明朝当即移居。武陵渔人，勿再访桃花源也。”语讫，不复酬对。问其姓名，亦不答。宋携有笔砚，因濡墨大书“鬼隐”两字于洞口而归。

【译文】

戴东原说，明朝有个宋某，到歙县一座深山中选择坟地。天色将晚，风雨将至，宋某见到山崖下面有个山洞，便投奔过去打算暂时避避。突然听到洞里有人在说话："这洞中有鬼，你不要进来。"宋某问："那你怎么可以进来呢？"回答道："我本身就是鬼。"宋某请求与他见见面。鬼回答说："我和你见面，则会导致阴气和阳气相撞，你一定会寒热而不大舒服。不如你点着火自卫，我们相隔一段距离谈谈。"宋某问："你一定有一座坟墓，为什么要住在这里呢？"鬼答道："我在明神宗时做县令，厌恶那些官场上的人，见了货物、财利就相互争抢，在加禄晋官时相互倾轧，我于是放弃了官职，回家务农。我死后向阎罗王请求，来世不要去人间。于是便将我来生的禄位，改为阴间的官。没有料到在阴间，相互争夺倾轧同样如此，于是又丢弃职务回到坟墓。坟墓在群鬼之间，往来嘈杂，不胜其烦，迫不得已，到这里来避居。虽然这里有凄风冷雨，冷冷清清，满目萧条难以忍受，但比较起官场中的风风雨雨，人世间的尔虞我诈，这里就好像是世外桃源。我在这空山里，寂寞地度过了许久，忘记了时间的流逝。与鬼断绝来往，不知有多少年了；与人世断绝，就更不知道有多少年。我心里为解脱了人世阴间的一切来往而高兴，没想到这里又有人来，我明天早上立即迁移居住地，你不要再来找我了。"说罢，不再吱声，问他的姓名，也不回答。宋某带有笔和砚，因此研墨濡笔，在洞口写了"鬼隐"两个大字后就回去了。

妖由人兴

【原文】

妖由人兴，往往有焉。李云举言，一人胆至怯，一人欲戏之，其奴手黑如墨，使藏于室中，密约曰："我与某坐月下，我惊呼有鬼，尔即从窗隙伸一手。"届期呼之，突一手探出，其大如箕，五指挺然如舂杵。宾主俱惊，仆众哗曰："奴其真鬼耶？"秉烛炬持杖入，则奴昏卧于壁角。救之苏，言暗中似有物以气嘘我，我即迷闷。

族叔楘庵言，二人同读书佛寺，一人灯下作缢鬼状，立于前，见是人惊怖欲绝，急呼："是我，尔勿畏。"是人曰："固知足尔，尔背后何物也？"回顾乃一真缢鬼。盖机械一萌，鬼遂以机械之心从而应之。斯亦可为螳螂、黄雀之喻矣。

【译文】

妖怪由人产生，这种情况常常存在。李云举说，有一个人的胆量特别小，一个人想戏弄他，他的仆人的手像墨汁一样的黑，便让他藏在屋中，密密地和他约定："我和那人坐到月光底下，突然我惊叫有鬼，你就从窗缝中伸出一只手。"到这人一呼叫的时候，突然一只手从窗子缝里伸出来，有畚箕那么大，五个大手指像舂杵那样直直挺立，主客都吃了一惊，仆人都惊奇地喧嚷道："他真是鬼啊！"于是拿着火炬操着木棍进入，只见那个奴仆昏昏地睡在墙角。把他救醒后，他说黑暗中好像有什么东西，用气吹他，他当即就昏迷过去了。

我的族叔粲庵说，有两个人一同在佛庙里读书，一个人在灯下装作吊死鬼形状，站到另一个人面前，他见这人被吓得昏死过去，急忙大叫："是我，你不要怕。"另一个人说："我当然知道是你，但你身后是什么东西？"装吊死鬼的人回头一看，真有一个吊死鬼。大概巧诈心一动，鬼便以巧诈心来响应。这也好像"螳螂捕蝉，黄雀在后"的比喻一样。

陈　生

【原文】

南宫鲍敬之先生言，其乡有陈生，读书神祠。夏夜袒裼睡庑下，梦神召至座前，诃责甚厉。陈辩曰："殿上先有贩夫数人睡，某避于庑下，何反获愆？"神曰："贩夫则可，汝则不可。彼蠢蠢如鹿豕，何足与较？汝读书而不知礼乎？"

盖《春秋》责备贤者，理如是矣。故君子之于世也，可随俗者随，不必苟异；不可随俗者不随，亦不苟同。世于违礼之事，动曰某某曾为之。夫不论事之是非，但论事之有无，自古以来，何事不曾有人为之，可一一据以借口乎？

【译文】

南宫人鲍敬之先生说，他的家乡有个姓陈的书生，在神祠里读书。在夏天的夜晚，光着上身睡在廊庑下，他梦见神把他召到座前，责骂训斥得很厉害。陈生辩白说："殿上先有几个小贩在睡，我躲避到这个廊庑下，为什么反而受到谴责？"神说："那些贩子可以在那里睡，你就不行。他们那些人像鹿和猪一样愚蠢，你怎么可以和他们比较呢？你读书却不懂得礼仪么？"

大概《春秋》中责怪挑剔贤能的人，就是这个道理，所以君子处世，可以随俗的就随俗，不必要强求相异和独树一帜；不可以随俗的就不随，也不必强求相同。世俗对于那些违背常理道德的事，动不动就说某某曾干过这件事。不论事情的是与非，只论事情的有和无，那么自古以来，什么事没有人做过，都可以一一用来作为借口么？

说　鬼

【原文】

王菊庄言，有书生夜泊鄱阳湖，步月纳凉，至一酒肆，遇数人，各道姓名，云皆乡里。因沽酒小饮，笑言既洽，相与说鬼，搜异抽新，多出意表。

一人曰："是固皆奇，然莫奇于吾所见矣。曩在京师，避嚣寓丰台花匠家，邂逅一士共谈。吾言此地花事殊胜，惟墟墓间多鬼可憎。士曰：'鬼亦有雅俗，未可概弃。吾曩游西山，遇一人论诗，殊多精诣。自诵所作，有曰：深山迟见日，古寺早生秋。又曰：钟声散墟落，灯火见人家。又曰：猿声临水断，人语入烟深。又曰：林梢明远水，楼角挂斜阳。又曰：苔痕侵病榻，雨气入昏灯。又曰：鸲鹆岁久能人语，魍魉山深每昼行。又曰：空江照影芙蓉泪，废苑寻春蛱蝶魂。皆楚楚有致。方拟问其居停，忽有铃驮琅琅，欻欻然灭迹。此鬼宁复可憎耶？'吾爱其脱洒，欲留共饮。其人振衣起曰：'得免君憎，已为大幸，宁敢再入郇厨？'一笑而隐，方知说鬼者即鬼也。"

书生因戏曰："此称奇绝，古所未闻。然阳羡鹅笼，幻中出幻，乃辗转相生，安知说此鬼者，不又即鬼耶?”数人一时色变，微风飒起，灯光暗然，并化为薄雾轻烟，蒙蒙四散。

【译文】

听王菊庄说，有位书生夜里泊船在鄱阳湖。他在月下散步纳凉，来到了一家酒店，碰到几个人，他们各自报了自己的姓名，一经介绍后，才知道彼此都是同乡，于是他们买酒一起小饮，谈笑融洽，彼此都讲起鬼来，各自搜罗奇闻怪事，多数都在意料之外。

一个人说：“这些怪异之事固然都新奇，然而其中没有比我所见的更奇异。从前，我在京师，为了躲避喧嚣住在丰台一个花匠家，偶遇一位读书人，彼此闲谈起来。我说：‘这里养花很好，只是坟墓间有鬼，太令人恐怖了。’读书人说：‘鬼也有雅俗之分，不可一概否定。我从前游西山时，碰到一个人正在谈论诗文，见解精辟。他吟诵自己的诗，如：深山迟见日，古寺早生秋；钟声散墟落，灯火见人家；猿声临水断，人语入烟深；林梢明远水，楼角挂斜阳；苔痕侵病榻，雨气入昏灯；鸺鹠岁久能人语，魍魉山深每昼行；空江照影芙蓉泪，废苑寻春蛱蝶魂，都很有情致。我正想问他住在哪里，忽然听到驮铃琅琅作响，这人忽然就不见了。这鬼难道还可憎恶吗?’我喜欢这位读书人的洒脱，想留他共饮，那人站了起来说：‘能不令您憎恶已是大幸了，怎么敢麻烦您下厨呢?’说着一笑就不见了。我才知道那个说鬼的人原来也是鬼。”

书生听了后开玩笑说：“这些奇异的事前所未闻，

然而，正如阳羡的鹅笼，幻中生幻，能辗转相生，怎么知道这个说鬼的人不也是鬼呢?”一听到这里，大家都变了脸色。这时候刮起了一阵风，灯光也变得昏暗，那些人都化作薄雾轻烟，一下子就不见了。

牧　童

【原文】

刘香畹言，沧州近海处，有牧童年十四五，虽农家子，颇白皙。一日，陂畔午睡醒，觉背上似负一物。然视之无形，扪之无质，问之亦无声。怖而返，以告父母，无如之何。数日后，渐似拥抱，渐似抚摩，既而渐似梦魇，遂为所污。自足媟狎无时，而无形无质无声，则仍如故。时或得钱物果饵，亦不甚多。

邻塾师语其父曰："此恐是狐，宜藏猎犬，俟闻媚声时排闼嗾攫之。"父如所教。狐噭然破窗出，在屋上跳掷，骂童负心。塾师呼与语曰："君幻化通灵，定知世事。夫男女相悦，感以情也。然朝盟同穴，夕过别船者，尚不知其几。至若娈童，本非女质，抱衾荐枕，不过以色为市耳。当其傅粉熏香，含娇流盼，缠头万锦，买笑千金，非不似碧玉多情，回身就抱。迨富者资尽，贵者权移，或掉臂长辞，或倒戈反噬，翻云覆雨，自古皆然。萧韶之于庾信，慕容冲之于苻坚，载在史册，其尤著者也。其所施者如彼，其所报者尚如此。然则与此辈论交，如抟沙作饭矣。况君所赠，曾不及五陵豪贵之万一，而欲此童心坚金石，不亦颠乎？”语讫寂然。良久，忽闻顿足曰：“先生休矣，吾今乃始知吾痴。”浩叹数声而去。

【译文】

听刘香畹说，在沧州近海处有一个十四五岁的牧童。虽然是农家出身，却长得非常白净。有一天，他在河边午睡，醒来之后觉得背上压着一个什么东西，看又没有影，摸也摸不到，问又问不应。他害怕得跑回家，并告诉了父母，父母也不知所措。几天以后，牧童渐渐觉得有个怪物在拥抱他，抚摸他，渐渐地好像在做噩梦，最后被那个怪物玷污了。从此以后，怪物不断来调戏牧童，但仍然是来无影去无踪。怪物有时给牧童一些钱物食品，但数量也不多。

邻居是一个私塾先生，他告诉牧童的父亲说：“这怪物恐怕是狐狸精，应当在家里藏条猎狗，等狐狸精一来，就让狗破门而入抓住她。”牧童的父亲按照他教的那样做了。而狐狸精大叫一声，从窗户飞了出去，在屋上跳着大骂牧童为负心汉。私塾先生对狐狸精说：“你既能幻化通灵，一定懂得人情世故。男女之爱，本来是为情所动。然而早上还海誓山盟，晚上又恋上别人，这种人不知有多少。至于那些男童，本不是女性，却与人同床共枕，只不过是出卖色相罢了。当他傅粉施香、含娇流盼、缠头万锦、千金买笑时，没有不像碧玉那样多情的，拥入他人怀里。但是当有钱人财尽、有权人失官时，便会转身逃跑，甚至有的反戈一击，翻手为云，覆手为雨，自古都是这样。

像记入史册的萧韶对待庾信、慕容冲对待苻坚，这些就更明显。庾信、苻坚所施恩惠那么大，尚且得到如此回报。如此说来，与他们论交情就像用沙子做饭一样靠不住。况且你所赠予的，还不及五陵豪贵的万分之一，却想让这位牧童心坚如金石，你不是太糊涂了吗?”说完，狐狸精没有声息。过了好久，听到狐狸精顿足说：“先生您就别再讲了，我现在才知道是我太痴心了。”狐狸精长叹几声之后离去。

邪心招狐

【原文】

裘编修超然言，丰宜门内玉皇庙街，有破屋数间，锁闭已久，云中有狐魅。适江西一孝廉，与数友过夏，取其地幽僻，僦舍于旁。

一日，见幼妇立檐下，态殊妩媚，心知为狐。少年豪宕，意殊不惧。黄昏后，诣门作礼，祝以蝶词。夜中闻床前窸窸有声，心知狐至，暗中举手引之。纵体入怀，遽相狎昵，冶荡万状，奔命殆疲。比月上窗明，谛视，乃一白发媪，黑陋可憎。惊问："汝谁？"殊不愧赧，自云："本城楼上老狐，娘子怪我饕餮而慵作，斥居此屋，寂寞已数载。感君垂爱，故冒耻自献耳。"孝廉怒，搏其颊，欲缚捶之。撑拄摆拨间，同舍闻声，皆来助捉。忽一脱手，已琤然破窗遁。次夕，自坐屋檐，作软语相唤。孝廉诟詈，忽为飞瓦所击。又一夕，揭帷欲寝，乃裸卧床上，笑而招手。抽刃向击，始泣骂去。惧其复至，移寓避之。登车顷，突见前幼妇自内走出。密遣小奴访问，始知居停主人之甥女，昨偶到街买花粉也。

【译文】

听裘超然编修说，在丰宜门内玉皇庙街有数间破屋，房门紧锁很久了，传说这里住着一个狐仙。恰好有一位江西籍的举人落榜，他打算同几位朋友在京师读书，等待下一次的考试，因此在这片幽静处租房住了下来。

有一天，他看见一个少妇正站在房檐下，体态风骚，认为是狐仙。他年轻放荡，一点都不怕。黄昏后，他到她的门前去行礼问候，并且说一些轻佻的话。晚上，他听到床前有窸窸的响声，心里知道是狐仙来了，便把那黑影拉上床来，对方趁势投入他的怀里，随即亲昵起来，冶荡万状，累得他筋疲力尽。等到月上窗楹的时候，他仔细一看，发现与自己同床的是一个又黑又丑、面目可憎的白发老妇。举人吃惊地问道："你是什么人？"而那只老狐仙一点也不惭愧地说："我本来是城楼上的一只老狐狸，因娘子怪我贪食而且懒惰，把我赶到这屋里，从此我一人寂寞地过了许多年。今晚感谢您对我的垂爱，所以不顾羞耻地献了身。"举人听到这里，愤怒地打了她一耳光，想捆住她再打，不料在他们相互撕扯中，同屋人听到了声响前来相助。举人刚一脱手，狐仙就破窗逃走了。第二天傍晚，那个狐仙又坐在屋檐下轻声呼唤。举人听到了，大声怒骂她，却被突然飞来的瓦片打中。又一个晚上，举人正想揭开蚊帐去睡觉，只见狐仙赤身躺在床上，正笑着向他招手。举人抽刀去砍她，她才哭骂着离去。举人害怕她再来，只得迁居别处躲避。当他刚上马车，突然看到上次见到的那个少妇从屋里走了出来。举人暗中派奴仆去打探，才知道是房东的外甥女，昨天她到街上去买花粉。

王　玉

【原文】

外祖雪峰张公家奴子王玉善射。尝自新河携盐租返，遇三盗，三矢仆之，各唾面纵去。

一日，携弓矢夜行，见黑狐人立向月拜。引满一发，应弦饮羽。归而寒热大作。是夕，绕屋有哭声曰：“我自拜月炼形，何害于汝？汝无故见杀，必相报恨。汝未衰，当诉诸司命耳。”数日后，窗棱上铿然有声。愕眙惊问，闻窗外语曰：“王玉我告汝，我昨诉汝于地府，冥官检籍，乃知汝过去生中，负冤讼辩，我为刑官，阴庇私党，使汝理直不得申，抑郁愤恚，自刺而死。我堕身为狐，此一矢所以报也。因果分明，我不怨汝。惟当日违心枉拷，尚负汝笞掠百余。汝肯发愿免偿，则阴曹销籍，来生拜赐多矣。”语讫，似闻叩额声。王叱曰：“今生债尚不了了，谁能索前生债耶？妖鬼速去，无扰我眠。”遂寂然。

世见作恶无报，动疑神理之无据。乌知冥冥之中，有如是之委曲哉？

【译文】

外祖父张雪峰先生家里有个仆人叫王玉，擅长射箭。有一次，他从新河随身带回一些盐租钱回来，在路上碰到了三个强盗。王玉三箭就把他们射倒在地上，然后往每人脸上吐了一口唾沫就放了他们。

有一天晚上，他身背一把弓箭在赶路。只见前面一只黑色的狐狸像人一样站立着，在拜月亮。王玉拉满弓射去，只见黑狐应声倒下。等他回到家里后，时热时冷，到晚上，听到屋外有哭声，说："我正在拜月炼形，碍着你什么？你无缘无故杀了我，我一定要报仇，现在你还不是最倒霉的时候，我要到判官那里告你。"几天以后，他听到窗棂上铿铿作响，王玉惊问是谁。只听到窗外回答说："王玉，我告诉你，昨天我到地府告了你，阴官也查了生死簿，才知道你前世中也背负了冤案，当时我作为判官，暗中庇护了被告，使得你有理无处申，因此抑郁愤怒，自杀身亡。我被罚投生为狐狸，现在你这一箭报了你的仇。因果分明，也不怨你。只是当时我冤枉拷打了你，我还欠你一百多鞭。如果你发誓愿意免除补偿，那么阴间就会销去这笔账，来生我会重重酬谢你的。"说完，好像能听到叩头声。王玉大声喝道："今生的债务都不能了结，谁还去索还前生的债？你这个妖鬼快快离去，不要打扰我的睡眠。"说完这些就寂静无声了。

世上的人看到作恶者没有受到应有的报应，就怀疑天理没有根据。哪里知道阴曹地府中有如此详尽的记录？

鬼魅报恩

【原文】

莆田林生霈言，闽一县令，罢官居馆舍。夜有群盗破扉入，一媪惊呼，刃中脑仆地。童仆莫敢出。巷有逻者，素弗善所为，亦坐视。盗遂肆意搜掠。其幼子年十四五，以锦衾蒙首卧。盗掣取衾，见姣丽如好女，嘻笑抚摩，似欲为无礼。中刃媪突然跃起，夺取盗刀，径负是子夺门出。追者皆被伤，乃仅捆载所劫去。

县令怪媪已六旬，素不闻其能技击，何勇鸷乃尔。急往寻视，则媪挺立大言曰："我某都某甲也，曾蒙公再生恩。殁后执役土神祠，闻公被劫，特来视。宦资是公刑求所得，冥判饱盗橐，我不敢救。至侵及公子，则盗罪当诛，故附此媪与之战。公努力为善，我去矣。"遂昏昏如醉卧。救苏问之，懵然不忆。盖此令遇贫人与贫人讼，剖断亦颇公明，故卒食其报云。

【译文】

听莆田人林霈说，福建有一个县令，罢官之后寓居在馆舍里。有一天晚上，盗贼破门而入，只听到一个老妇惊叫了一声，就被人砍中脑袋，倒在地上。其他仆人不敢出来，巡逻的人也不喜欢县令平时的为人，也都袖手旁观。盗贼因此更加肆意搜索掠夺。县令有一个十四五岁的儿子，这时他用被子蒙住头躺在床上。强盗拉开被子一看，只见他长得姣丽如美女，便嬉笑去抚摸，好像是要去做无礼之事。这时那个被砍伤的老妇突然跳了起来，夺过强盗的刀，背起这个小孩夺门逃走。那些去追赶她的人都被她砍伤，于是只好捆上抢劫到的财物离开。

县令感到奇怪，这个老妇有六十多岁了，平时又没听说她擅长武术，为什么这次却如此勇猛呢？于是他便派人去查问。只见那位老妇站起来说："我是某城某甲，因曾经蒙受您的再生之恩，死后到土神祠当差，刚听说您家遭受抢劫，特意来察看。这些财物是您断案时勒索得到的，判官判定就让强盗取去，我不敢去阻止。至于您的公子遭到侵犯，那是强盗的罪过，应当把他们诛杀，于是我附形在这位老妇身上跟他们相斗。以后您还是努力去做好事吧，我走了。"说完这些后，那个老妇像喝醉了酒，慢慢地倒下去。等到把她救醒再问她时，她却一点也不记得刚才发生的事。听说这位县令以前每碰到穷人之间打官司时，断案还是很公道的，所以最终得到了回报。

长　随

【原文】

州县官长随，姓名籍贯皆无一定，盖预防奸赃败露，使无可踪迹追捕也。姚安公尝见房师石窗陈公一长随，自称山东朱文。后再见于高淳令梁公润堂家，则自称河南李定。梁公颇倚任之。临启程时，此人忽得异疾，乃托姚安公暂留于家，约痊时续往。其疾自两足趾寸寸溃腐，以渐而上，至胸膈穿漏而死。死后检其囊箧，有小册作蝇头字，记所阅凡十七官，每官皆疏其阴事。详载某时某地，某人与闻，某人旁睹，以及往来书札，谳断案牍，无一不备录。其同类有知之者，曰："是尝挟制数官矣。其妻亦某官之侍婢，盗之窃逃，留一函于几上，官竟弗敢追也。今得是疾，岂非天道哉？"

霍文易书曰："此辈依人门户，本为舞弊而来。譬彼养鹰，断不能责以食谷，在主人善驾驭耳。如喜其便捷，委以耳目腹心，未有不倒持干戈，授人以柄者。此人不足责，吾责彼十七官也。"姚安公曰："此言犹未揣其本。使十七官者绝无阴事之可书，虽此人日日橐笔，亦何能为哉？"

【译文】

据说长期跟随州县长官的随从，姓名、籍贯都不确定。大概是预防贪赃行为败露后，使人无从追捕。先父姚安公曾经看见有一位跟随房师陈石窗的随从，自称是山东人，叫朱文。后来，在高淳县令梁润堂家再碰到他，却又自称是河南人，叫李定。梁先生也非常信赖他。却不料在梁先生启程去别处时，这个人忽然得了一种怪病，于是梁公只得把他托付给我父亲，叫他病好了再去找自己。这个人的病也怪，从他的两个脚趾间烂起，慢慢地往上移，一直烂到他的胸膈之间而死。死后检查他的行李，发现其中有一本写满蝇头小楷、记录他共跟随过的十七位官员的小册子。而且每个官员的阴私都有记载，详细记载发生在某时某地，和某人一同听到看到，以及往来书信、断案的文件等等。据知道内情的同行说："他曾经以此要挟过许多官员。甚至他的妻子也是某个官员的侍女。他拐这个侍女私奔时，在那个官员的桌上留下了一张便条，这位官员竟然不敢去追究他。现在他得这种病，莫不是上天的旨意?"

霍文易也说："这种人去做随从，本来是为营私舞弊而来的。正如人们养鹰，决不能给它粮食吃，最关键的是主人要善于去驾驭它。如果因为它动作敏捷就用它作为耳目心腹来重用它，就难免倒持干戈，授人以柄。这种人不足为责，我现在要责备的是那十七位官员。"先父也说："这番话还没有说到根本上。假使那十七位官员根本没有隐私去给他记录，即使那人天天记录，又能有什么用呢?"

无不可解之冤

【原文】

先叔仪南公言，有王某、曾某，素相善。王艳曾之妇，乘曾为盗所诬引，阴贿吏毙于狱。方营求媒妁，意忽自悔，遂辍其谋。拟为作功德解冤，既而念佛法有无未可知，乃迎曾父母妻子于家，奉养备至。如是者数年，耗其家资之半。曾父母意不自安，欲以妇归王。王固辞，奉养益谨。又数年，曾母病，王侍汤药，衣不解带。曾母临殁，曰："久荷厚恩，来世何以为报乎？"王乃叩首流血，具陈其实，乞冥府见曾为解释。母慨诺。曾父亦手作一札，纳曾母袖中，曰："死果见儿，以此付之。如再修怨，黄泉下无相见也。"后王为曾母营葬，督工劳倦，假寐圹侧。忽闻耳畔大声曰："冤则解矣。尔有一女，忘之乎？"惕然而寤，遂以女许嫁其子。后竟得善终。

以必不可解之冤，而感以不能不解之情，真狡黠人哉！然如是之冤犹可解，知无不可解之冤矣。亦足为悔罪者劝也。

【译文】

听先叔仪南公说，有姓王、姓曾的两个人，平素很要好。不料王某却垂涎曾某的妻子，他趁曾某被盗贼诬陷而受牵连的时候，暗中贿赂狱吏，把曾某谋害在狱中。正当王某想物色媒人替他去说媒的时候，忽然后悔自己太过分了，于是打消了当初的念头。他想通过念经诵佛来解脱自己的罪孽，后来又考虑念经诵佛恐怕不一定能见效，于是把曾某一家接到家中供养起来，奉养备至。就这样过了好几年，耗费了一半家产。曾的父母过意不去，想把儿媳嫁给王某，但王某坚决推辞，赡养得更殷勤了。又过了几年，曾母卧床不起，王某整日侍奉汤药，衣不解带，像孝子一样守护在她的床前。曾母临死之前对王某说："我们这样长久地蒙受你的厚恩，来世我该怎样去报答你呢？"王某听到这话，惭愧不已，于是跪在地下叩头，直至流血，详细地说出了其中的原委，哀求曾母在九泉之下替他向曾某解释，求他宽恕。曾母慨然答应了。曾父也写了一封书信，塞进妻子的袖子里，嘱咐她说："如果你死后果真碰到了儿子，你就把这封信给他看。如果他还要怨恨王某，等我到了黄泉，你就让他别来认我。"曾母死后，王某替她营造了墓穴，由于督工过度劳累，不知不觉在坟墓旁睡着了。迷迷糊糊中，他听到有人在他的耳边大声说："你我之间的冤情已经化解了，你有个女儿，你这都忘记了吗？"王某立刻惊醒了，等过了不久，他便将自己的女儿嫁给了曾某的儿子。最后，王某也得以善终。

本来这是一段化不开的冤债，王某却用一种不能不让人原谅的悔过之情去打动对方，这样的人也真够狡黠的。然而像这样深的冤仇都能化解，那么可想而知，世间就没有不可化解的冤仇了。这个故事足以去劝勉那些需要悔过的人们了。

扶乩

【原文】

先姚安公言：有扶乩治病者，仙自称“芦中人”。问：“岂伍相国耶？”曰：“彼自隐语，吾真以此为号也。”其方时效时不效，曰：“吾能治病，不能治命。”一日，降牛丈希英家，有乞虚损方者。仙判曰：“君病非药所能治，但遏除嗜欲，远胜于草根树皮。”又有乞种子方者，仙判曰：“种子有方，并能神效。然有方与无方同，神效亦与不效同。夫精血化生，中含欲火，倘毒发为痘，十中必损其一二。况助以热药，抟结成胎，其蕴毒必加数倍。故每逢生痘，百不一全，人徒于夭折之时，惜其不寿，而不知未生之日，已先伏必死之机。生如不生，亦何贵乎种耶？此理甚明，而昔贤未悟。山人志存济物，不忍以此术欺人也。”其说中理，皆医家所不肯言，或真有灵鬼凭之欤？

又闻刘季箴先生尝与论医，乩仙曰：“公补虚好用参。夫虚证种种不同，而参之性则专有所主，不通治各证。以藏府而论，参惟至上焦、中焦，而下焦不至焉；以荣卫而论，参惟至气分，而血分不至焉。肾肝虚与阴虚，而补以参，庸有济乎？岂但无济，亢阳不更煎铄乎？且古方有生参、熟参之分，今采参者得即蒸之，何处得有生参乎？古者参出于上党，秉中央土气，故其性温厚，先入中宫。今上党参竭，惟用辽参，秉东方春气，故其性发生，先升上部。即以药论，亦各有运用之权。愿公审之。”季箴极不以为然。余不知医，并附录之，待精此事者论定焉。

【译文】

听先父姚安公说，从前有个人用扶乩的方式来治病，仙称自己为“芦中人”。有人就问：“难道您就是伍子胥吗？”这位仙人说：“那是他的暗语，而我真的是以此为号。”仙人的药方有时见效，有时不能见效，他说：“我只能治病，但不能救命。”有一天，这位仙人降临到牛希英家，有人就向他乞求治疗虚亏的药方。他说：“你的病不是药物能够治好的，只要你戒除欲念，比服用草根树皮要好得多。”又有一个向他乞求治疗天花的药方的，仙人说：“治天花自有药方，并能见神效。然而有药方和无药方是相同的，有神效与无神效也是相同的。本来胎儿是精血化生的，其中就包含有欲火，假使毒生成痘，十有一二要夭折。何况你还要用热药相助，使之抟结成胎，其中所包含的毒物就会增加数倍。所以每碰到生天花的，百人中无一人能幸存。人们只知道在孩子夭折时，痛惜他命不长，却不知道在他未生之时，就留下了祸根，生下来还不如不出生，又何必对这种痘如此重视呢？本来这道理很明白，可惜过去的贤士们都不知道。我立志普救万物，也不忍心用此术去蒙骗别人。”他的这种看法合乎道理，却是许多医学家不肯明说的，或许真有神灵，依凭在乩坛上！

我又听说刘季箴先生曾经与他谈论过医道，这仙人说：“您喜欢用人参去补虚亏，却不知虚亏之症有许多种，而人参则有专治，并不能通治各症。就肝脏而言，人参的力量有上焦、中焦，却不能达到下焦。以荣卫而言，人参药力只能达气分，而血分是达不到的。那些是肾虚和阴亏的人，用人参去补，怎会有好处呢？它不但没有帮助，阳气就更受煎铄了。况且，古时药方中有生参和熟参之分，如今采人参的人采到后便立刻蒸熟，哪里还有生参呢？古时候人参产在上党，兼有中央的土气，所以药性温厚，先入中宫。如今上党参的土气已经衰竭，只好用辽参。而辽参兼有东方的春气，因此药性发生时，先到上部。即使以药而论，也是各有所用的。但愿您能慎重应用。”季箴很不以为然。我不懂医道，就一同记录了下来，让那些精通此道的人去讨论确定吧！

鬼求人

【原文】

老儒刘挺生言，东城有猎者，夜半睡醒，闻窗纸淅淅作响，俄又闻窗下窸窣声。披衣叱问，忽答曰："我鬼也，有事求君，君勿怖。"问其何事，曰："狐与鬼自古不并居，狐所窟穴之墓，皆无鬼之墓也。我墓在村北三里许，狐乘我他往，聚族居之，反驱我不得入。欲与斗，则我本文士，必不胜。欲讼诸土神，即幸而得申，彼终亦报复，又必不胜。惟得君等行猎时，或绕道半里，数过其地，则彼必恐怖而他徙矣；然倘有所遇，勿遽殪获，恐事机或泄，彼又修怨于我也。"猎者如其言，后梦其来谢。

夫鹊巢鸠据，事理本直。然力不足以胜之，则避而不争；力足以胜之，又长虑深思而不尽其力。不求幸胜，不求过胜，此其所以终胜欤！孱弱者遇强暴，如此鬼可矣。

【译文】

听老儒生刘挺生说，东城有个猎户，半夜睡醒时，忽然听到窗纸淅淅作响，不一会儿，又听到窗下有窸窣的响声。猎人穿上衣服问是谁，只听到外面回答说："我是个鬼，请千万不要害怕，我是有事求您相助。"他问有什么事，鬼说："自古以来狐狸和鬼不同居在一起的，狐狸住的墓穴绝对没有鬼。我的墓穴在村北三里的地方，狐狸趁我不在才聚集群居到那里的，反而把我赶出来了。本来我想同它们争斗，但我又是一个文弱书生，一定打不赢它们。想去告诉土神，替我申冤，但它们终究还要来报复的，最终还是我打不赢。只希望您在打猎时，或者能绕道半里，从那里经过几次，它们看到您必定会惊恐，然后搬到别处去的。但是，万一您遇到它们，千万不要立刻杀死。恐怕消息一泄露，它们又要怨恨我。"猎户按他的话办了，后来又梦见他来道谢。

"鹊巢鸠据"，是非曲直本来非常明显。然而，如果力气不足以制胜的，就退避不与它争斗；如果力气能制胜的话，应深思熟虑而不能竭尽全力去莽干。不求侥幸制胜，也不求过分胜过别人，这就是那鬼最终得胜的原因吧！如果弱者遇到强暴，我想只要像那个鬼一样做就可以了。

多事鬼

【原文】

老仆刘琪言，其妇弟某，尝独卧一室，榻在北牖。夜半觉有手扪拂，疑为盗。惊起谛视，其臂乃从南牖探入，长殆丈许。某故有胆，遽捉执之。忽一臂又破棂而入，径批其颊，痛不可忍。方回手支拒，所捉臂已掣去矣。闻窗外大声曰："尔今畏否？"方忆昨夕林下纳凉，与同辈自称不畏鬼也。

鬼何必欲人畏？能使人畏，鬼亦复何荣？以一语之故，寻衅求胜，此鬼可谓多事矣。裘文达公尝曰："使人畏我，不如使人敬我。敬发乎人之本心，不可强求。"惜此鬼不闻此语也。

【译文】

听老仆人刘琪说，他老婆的弟弟，一个人住一间房子，将床放在北窗下。有一天半夜，他感觉到有只手在他的身上乱摸，开始他怀疑是小偷，等他惊醒来仔细一看，只见那只胳膊是从南窗探进来的，几乎有一丈多长。由于他平素胆大，便抓住那只手不放。忽然又有只胳膊破窗而入，打他的脸颊，痛不可忍。他回手去反抗时，被抓住的那只手抽了回去。只听到窗外有人大声说："如今你该怕鬼了吧？"这时他才记起昨天晚上和同伴在树下乘凉时，对他们说他从来不怕鬼。

鬼为什么要让人害怕他呢？能叫人害怕，鬼又有什么荣耀的呢？因为一句话的缘故，就去寻衅求胜，这个鬼也够多事的。裘文达公曾经说："让人畏惧我还不如让人尊敬我。因为尊敬是发自人的本心，不是可以强求得来的。"可惜这个鬼没有听到这些话。

杏花精

【原文】

益都朱天门言，有书生僦住京师云居寺，见小童年十四五，时来往寺中。书生故荡子，诱与狎，因留共宿。天晓，有客排闼入。书生窘愧，而客若无睹。俄僧送茶入，亦若无睹。

书生疑有异，客去，拥而固问之。童曰："公勿怖，我实杏花之精也。"书生骇曰："子其魅我乎？"童曰："精与魅不同。山魈厉鬼，依草附木而为祟，足之谓魅。老树千年，英华内聚，积久而成形，如道家之结圣胎，是之谓精。魅为人害，精则不为人害也。"问："花妖多女子，子何独男？"曰："杏有雌雄，吾故雄杏也。"又问："何为而雌伏？"曰："前缘也。"又问："人与草木安有缘？"惭沮良久，曰："非借人精气，不能炼形故也。"书生曰："然则子仍魅我耳。"推枕遽起，童亦艴然去。此书生悬崖勒马，可谓大智慧矣。其人盖天门弟子，天门不肯举其名云。

【译文】

益都的朱天门讲，有个书生寄居在京师的云居寺中，看到一个十四五岁的童子常常来往于寺中。那书生本来是个浪荡公子，于是引诱童子与他亲热、鬼混，把他留在寺中一起住。天亮时，有位客人推门进来，书生一时不好意思，难堪极了，但客人跟什么也没看见似的。不久，僧人送来茶饭，也好像没看见。

书生顿起疑心，等客人走开，就抱起童子追问是什么原因。童子说："您不要害怕，我其实是杏花精。"书生一听大惊地问："你是来媚惑我？"童子说："精与鬼不同，山怪厉鬼，依附草木作恶，这才叫鬼。千年的老树，英华内聚，时间长了成了人形，如同道家结圣胎，这叫做精。鬼危害人，精是不害人的。"书生问："花妖一般都是女子，为什么唯独你是男子呢？"童子说："杏树有雄有雌，我是雄杏。"书生又问："你为什么像女人一样取悦男人呢？"童子说："这是前缘。"书生问："与草木之间会有前缘吗？"童子忸忸怩怩了好一阵子才说："不借助人的精液，我不可能修炼成人形。"书生说："那么你还是在媚惑我了。"立即推开枕头起来。童子也很不高兴地走了。这书生能悬崖勒马，可以说是很明智了。他大概是朱天门的弟子，天门不肯说出他的名字。

自贻伊戚

【原文】

甲与乙相善，甲延乙理家政。及官抚军，并使佐官政，惟其言是从。久而资财皆为所干没，始悟其奸，稍稍谯责之。乙挟甲阴事，遽反噬。甲不胜愤，乃投牒诉城隍。夜梦城隍语之曰：“乙险恶如是，公何以信任不疑？”甲曰：“为其事事如我意也。”神喟然曰：“人能事事如我意，可畏甚矣。公不畏之而反喜之，不公之给而给谁耶？渠恶贯将盈，终必食报。若公则自贻伊戚，可无庸诉也。”此甲亲告姚安公者。事在雍正末年。甲滇人，乙越人也。

【译文】

甲与乙交情很好，于是甲请乙管理家政。甲官至巡抚时又让乙辅佐官务，什么都听乙的。久而久之，财产都被乙吞没，甲到这时才明白乙的奸诈，稍微露出斥责的意思。乙就用甲的隐私要挟，反咬一口。甲盛怒之下向城隍投状诉冤。夜里梦到城隍对他说：“乙如此奸猾险恶，你凭什么还信任他呢？”甲说：“因为他事事如我意。”神仙叹道：“别人能事事如我意，这是最可怕的呀。你不怕他，反而喜欢他，那他不骗你又骗谁呢？他恶贯满盈，最终必有报应。至于你，这些都是自找苦吃，不必再申诉了。”这是甲亲口告诉姚安公的。这事发生在雍正末年。甲是云南人，乙是浙江人。

某翰林

【原文】

同年项君廷模言，昔尝馆翰林某公家，相见辄讲学。一日，其同乡为外吏者，有所馈赠。某公自陈平生俭素，雅不需此。见其崖岸高峻，遂逡巡携归。某公送宾之后，徘徊厅事前，怅怅惘惘，若有所失，如是者数刻。家人请进内午餐，大遭诟怒。忽闻有数人吃吃窃笑，视之无迹，寻之声在承尘上，盖狐魅云。

【译文】

我的同年项廷模说，他曾经在某个翰林公家教书，一见面，翰林就跟他谈论学问。一天，翰林有个在外做官的同乡，赠送了他一些东西，这位翰林自称平生节俭朴素，实在不需要这些东西。同乡见他态度坚决，便犹豫地将东西带走了。翰林送走客人之后，在客厅里来来回回地走着，怅惘不已，若有所失，像这样一直过了几刻钟。家人请他进去吃午饭，被他大骂一顿，忽然听到有几个人在偷偷地笑，他抬眼张望，却没有发现什么人。仔细查询，声音是从顶棚上传来的，原来是狐精。

胥魁遇报

【原文】

胥魁有善博者，取人财犹探物于囊，犹不持兵而劫夺也。其徒党密相羽翼，意喻色授，机械百出，犹臂指之相使，犹呼吸之相通也。骁竖多财者，则犹鱼吞饵，犹雉遇媒耳。如是近十年，橐金巨万。俾其子贾于长芦，规什一之利。子亦狡黠，然冶荡好渔色。有堕其术而破家者，衔之次骨，乃乞与偕往，而阴导之为北里游。舞衫歌扇，耽玩忘归，耗其资十之九。胥魁微有所闻，自往检校，已不可收拾矣。论者谓是虽人谋，亦有天道。仇者之动此念，殆神启其心欤？不然，何前愚而后智也？

【译文】

有个官府班头擅长赌钱，赢别人的钱就像把手伸进袋子里取东西一样，如同不需拿兵器而进行抢劫。他和下属同党互相勾结，在赌场相互暗示，使出各种手段，配合得就像自己的手臂指挥手指，犹如呼吸相互通畅。那些头脑笨拙而家有万贯的富人，遇上他就像鱼吞食诱饵、野鸡遇上鸟媒。像这样，他一直干了将近十年，积累了巨万资金。他派他的儿子到长芦做买卖，谋取利润。他的儿子也很狡猾，然而生性放荡，喜好美色。有一个被他弄得倾家荡产的人，恨他入骨，于是请求和他的儿子一同前往，暗地里诱使他的儿子出入妓院，沉溺于欢乐场中不思回归，竟然耗去了他十分之九的家产。班头略微听到了一些传闻，于是亲自去查看，已经一塌糊涂，不可收拾了。人们评论这件事说，这虽然是别人的计谋，但也有天意。报仇的那个人起这种念头，大概是受了神的启发吧？不然，为什么他以前那么笨，而后来这么聪明呢？

圆光术

【原文】

世有圆光术。张素纸于壁，焚符召神，使五六岁童子视之。童子必见纸上突现大圆镜，镜中人物，历历示未来之事，犹卦影也。但卦影隐示其象。此则明著其形耳。

庞斗枢能此术，某生素与斗枢狎，尝觊觎一妇，密祈斗枢圆光，观谐否。斗枢骇曰："此事岂可渎鬼神?"固强之，不得已。勉为焚符。童子注视良久，曰："见一亭子中设一榻，三娘子与一少年坐其上。"三娘子者，某生之亡妾也。方诟责童子妄语，斗枢大笑曰："吾亦见之。亭中尚有一匾，童子不识字耳。"怒问："何字?"曰："'己所不欲'四字也。"某生默然，拂衣去。或曰："斗枢所焚实非符，先以饼饵诱童子，教作是语。"是殆近之。虽曰恶谑，要未失朋友规过之义也。

【译文】

世上有一种圆光术，把一张白纸贴在墙上，焚烧符箓招来神仙，让五六岁的孩子来看。孩子一定能看见纸上突然出现一面大圆镜，镜中的人物，一件一件地显示未来的事，就像古时候的卦影术。但卦影术只是隐晦地显示形象，而这种术数却能明白地显示形象。

庞斗枢会这种法术，某位书生平常跟他很亲近，这位书生曾经觊觎过一位妇人，暗地里祈求庞斗枢使用圆光术，预测他是否能够成功。庞斗枢惊异地说："怎么可以用这种事情来亵渎鬼神呢?"可书生一再强求，庞斗枢不得已，勉为其难焚烧符篆，小孩子注视了半天才说："我看见一个亭子，中间摆着一张床，三娘子和一个少年坐在床上。"三娘子是书生死去的小妾。这位书生刚要责骂小孩子乱讲，庞斗枢大笑着说："我也看见了。亭子中间还有一块匾，小孩子不认识字罢了。"书生生气地问："什么字?"庞斗枢回答："己所不欲。"书生默然不语，拂袖而去。有的人说，庞斗枢所焚烧的并不是符篆。他先用饼哄小孩子，让小孩子说那些话。大概是这样吧。虽说玩笑开得过分了，但还是不失为规劝朋友改正过错的好办法。

血盆经

【原文】

帝王以刑赏劝人善，圣人以褒贬劝人善。刑赏有所不及，褒贬有所弗恤者，则佛以因果劝人善。其事殊，其意同也。缁徒执罪福之说，诱胁愚民，不以人品邪正分善恶，而以布施有无分善恶，福田之说兴，翟昙氏之本旨晦矣。

闻有走无常者，以血盆经忏有无利益问冥吏。冥吏曰："无是事也。夫男女构精，万物化生，是天地自然之气，阴阳不息之机也。化生必产育，产育必秽污，虽淑媛贤母，亦不得不然，非自作之罪也。如以为罪，则饮食不能不便溺，口鼻不能不涕唾，是亦秽污，是亦当有罪乎？为是说者，盖以最易惑者惟妇女，而妇女所必不免者惟产育，以是为有罪，以是罪为非忏不可，而闺阁之财，无不充功德之费矣。尔出入冥司，宜有闻见，血池果在何处？堕血池者果有何人？乃犹疑而问之欤！"走无常后以告人，人讫无信其言者。积重不返，此之谓矣。

【译文】

帝王用刑罚奖赏来劝人向善，圣人用褒扬贬斥来劝人向善。刑罚奖赏和褒扬贬斥也有达不到的地方。而佛家则用因果的说法来劝人向善。它们的方式不一样，但主旨是相同的。出家人用消罪求福的说法，诱骗威胁愚昧的百姓，不以人品的正直邪恶来区分善恶，而以布施的有无与多少来区分善恶。买福田的作法兴盛，瞿昙氏的本意被掩盖了。

听说有个去过阴间的人，以念《血盆经》忏悔有没有好处，来问阴间的官吏。阴间的官吏说："没有这种事。男女结合，万物化生，这是天地间自然的道理，阴阳运动不停息的机因。佛教中所说的化生必须经过产育，产育必然会有秽污。即使是贤妻良母也不得不这样，并不是自己的罪孽。如果认为这也是有罪，那么饮食就不能不便溺，有口鼻就不能没有鼻涕唾液，这也是秽污，这也有罪吗？持这种说法的人，大概认为最容易受骗的是妇女，而妇女不能避免的只有产育，把这些当做罪过，认为这种罪过必须忏悔，那么妇女的钱财，全都成了做功德之事的费用。你出入阴间，应当有所见闻，血池究竟在哪里？堕入血池的究竟是什么人？却还对此怀疑而来询问！"他从阴间回来后，把这些告诉人们，迄今为止，还没有人相信他。积重难返，大概就是这种情况吧！

不传闲话之狐

【原文】

沧州瞽者蔡某，每过南山楼下，即有一叟邀之弹唱，且对饮。渐相狎，亦时到蔡家共酌。自云姓蒲，江西人，因贩磁到此。久而觉其为狐，然契分甚深，狐不讳，蔡亦不畏也。

会有以闺阃蜚语涉讼者，众议不一。偶与狐言及，曰："君既通灵，必知其审。"狐艴然曰："我辈修道人，岂干预人家琐事？夫房帏秘地，男女幽期，暧昧难明，嫌疑易起。一犬吠影，每至于百犬吠声。即使果真，何关外人之事？乃快一时之口，为人子孙数世之羞。斯已伤天地之和，召鬼神之忌矣。况杯弓蛇影，恍惚无凭，而点缀铺张，宛如目睹。使人忍之不可，辩之不能，往往致抑郁难言，含冤毕命。其怨毒之气，尤历劫难消。苟有幽灵，岂无业报？恐刀山剑树之上，不能不为是人设一坐也。汝素朴诚，闻此事自当掩耳。乃考求真伪，意欲何为？岂以失明不足，尚欲犁舌乎？"投杯径去，从此遂绝。蔡愧悔，自批其颊，恒述以戒人，不自隐匿也。

【译文】

沧州盲人蔡某，每次经过南山楼下，就有一位老翁邀他弹唱，并一同饮酒。二人关系逐渐亲密起来，老翁也时常到蔡家共饮。老者自称姓蒲，江西人，因贩卖瓷器到此地。相处久了，蔡某觉察出他是狐仙。但交情深了，狐仙也就承认不讳，蔡某也不觉得有什么可怕。

恰巧有一桩因闺阁之事引起的诉讼案，人们议论纷纭。蔡某偶然对狐仙讲到这事，说："先生既然通灵，一定知道这事的详情吧。"狐仙不高兴地说："我们是修道之人，怎能干预人家的琐事？况且闺房秘地，男女幽会之事暧昧难明，容易引起嫌疑。就如一犬吠影，往往导致百犬吠声。即使是真事，又与外人有什么相干？只图自己一时嘴上痛快，给人家造成子孙几代的羞辱，这是伤天地和气、招鬼神忌恨的事。况且杯弓蛇影，恍惚无凭，人们添枝加叶，好像亲眼看见似的。这会使当事人忍不能忍，辩不能辩，往往导致抑郁难言，含冤而亡。亡者的怨愤之气长期难消，如果地下有灵，怎能不图报复？恐怕在阴间的刀山剑树之上，会为这种人留下一个地方。你一向朴实诚恳，听到这种事，应该掩耳避开才是。反去考求它的真伪，你想做什么呢？难道你失明了还不够，还想割掉舌头吗？"狐仙说罢丢下酒杯径直离去，从此不再与蔡某来往了。蔡某十分惭愧后悔，自打耳光，常常讲述狐仙的这番话，以告诫世人，一点也不隐讳。

捉　贼

【原文】

余在乌鲁木齐日，骁骑校萨音绰克图言，曩守红山口卡伦，一日将曙，有乌哑哑对户啼。恶其不吉，引骹矢射之。嗷然有声，掠乳牛背上过。牛骇而奔，呼数卒急追。入一山坳，遇耕者二人，触一人仆。扶视无大伤，惟足跛难行。问其家不远，共舁送归。入室坐未定，闻小儿连呼有贼。同出助捕，则私逃遣犯韩云，方逾垣盗食其瓜，因共执焉。

使乌不对户啼，则萨音绰克图不射；萨音绰克图不射，则牛不惊逸；牛不惊逸，则不触人仆；不触人仆，则数卒不至其家；徒一小儿见人盗瓜，其势必不能执缚。乃辗转相引，终使受絷伏诛。此乌之来，岂非有物凭之哉？盖云本剧寇，所劫杀者多矣。尔时虽无所睹，实与刘刚遇鬼因果相同也。

【译文】

我在乌鲁木齐时，听骁骑校萨音绰克图讲，过去他驻守红山口卡伦，一天天快亮时，有只乌鸦对着门哑哑啼叫。他讨厌乌鸦叫不吉利，就用箭射去它。乌鸦怪叫一声，从牛背上疾飞而过，牛受惊吓奔跑起来。

他招呼几个士兵急忙追赶。追进一个山坳，遇见两个耕地的农夫，牛将其中一人碰倒。扶起来一看，没有大伤，只是脚跛了难以行走。问知农夫家离这儿不远，就一起抬着送他回家。进了农夫家门还没坐定，就听见一个小孩连呼“有贼”。士兵们一同出门追捕，竟是在逃犯韩云。他跳过墙来偷瓜吃，大家一拥而上捉住了他。

假使乌鸦不对着门啼叫，则萨音绰克图不会射它；不射乌鸦，牛就不会奔逃；牛不奔逃，就不会碰倒农夫；不碰倒农夫，士兵也不会到农夫家；如果只是一个小孩看见有人偷瓜，也不可能将盗贼捉住。就这样辗转引导，终使盗贼被捕而受到制裁。这只乌鸦的到来，莫非是受了什么东西的指引？大概韩云本是一个大盗，多次劫物杀人。当时虽没有被发现，但实际上与刘刚遇鬼的因果一样。

七件悬案

【原文】

门人萧山汪生辉祖，字焕曾，乾隆乙未进士，今为湖南宁远县知县。未第时，久于幕府，撰《佐治药言》二卷。中载近事数条，颇足以资法戒。

其一曰：孙景溪先生，讳尔周。令吴桥时，幕客叶某，一夕方饮酒，偃仆于地，历二时而苏。次日闭户书黄纸疏，赴城隍庙拜毁，莫喻其故。越六日，又偃仆如前。良久复起，则请迁居于署外。

自言八年前在山东馆陶幕，有士人告恶少调其妇。本拟请主人专惩恶少，不必妇对质。而同事谢某，欲窥妇姿色，怂恿传讯。致妇投缳，恶少亦抵法。今恶少控于冥府，谓妇不死，则渠无死法，而妇死由内幕之传讯。馆陶城隍神移牒来拘，昨具疏申辩，谓妇本应对质，且造意者为谢某。顷又移牒谓：传讯之意，在窥其色，非理其冤。念虽起于谢，笔实操于叶。谢已摄至，叶不容宽。余必不免矣。越夕而殒。

其一曰：浙江臬司同公言：乾隆乙亥秋审时，偶一夜潜出，察诸吏治事状。皆已酣寝，惟一室灯独明。穴窗窃窥，见一吏方理案牍，几前立一老翁、一少妇。

心甚骇异，姑视之。见吏初草一签，旋毁稿更书，少妇敛衽退。又抽一卷，沉思良久，书一签，老翁亦揖而退。

传诘此吏，则先理者为台州因奸致死一案。初拟缓决，旋以身列青衿，败检酿命，改情实。后抽之卷为宁波叠殴致死一案。初拟情实，旋以索逋理直，死由还殴，改缓决。知少妇为捐生之烈魄，老翁为累囚之先灵矣。

其一曰：秀水县署有爱日楼，板梯久毁，阴雨辄闻鬼泣声。一老吏言：康熙中，令之母喜诵佛号，因建此楼。雍正初，有令挈幕友胡姓来，盛夏不欲见人，独处楼中。案牍饮食，皆缒而上下。一日，闻楼上惨号声。从者急梯而上，则胡裸体浴血，自刺其腹，并碎劙周身如刻画。自云曩在湖南某县幕，有奸夫杀本夫者，奸妇首于官。吾恐主人有失察咎，以访拿报，妇遂坐磔。顷见一神引妇来，剚刃于吾腹，他不知也。号呼越夕而死。

其一曰：吴兴某，以善治钱谷有声。偶为当事者所慢，因密讦其侵盗，阴事于上官，竟成大狱。后自啮其舌而死。

又无锡张某，在归安令裘鲁青幕。有奸夫杀本夫者，裘以妇不同谋，欲出之。张大言曰：“赵盾不讨贼为弑君，许止不尝药为弑父，《春秋》有诛意之法。是不可纵也。”妇竟论死。后张梦一女子，被发持剑，搏膺而至曰：“我无死法，汝何助之急也?”以刃刺之。觉而刺处痛甚，自是夜夜为厉，以至于死。

其一曰：萧山韩其相先生，少工刀笔，久困场屋，且无子，已绝意进取矣。雍正癸卯，在公安县幕，梦神人语曰："汝因笔孽多，尽削禄嗣。今治狱仁恕，赏汝科名及子，其速归。"未以为信，次夕梦复然。时已七月初旬，答以试期不及。神曰："吾能送汝也。"寤而急理归装，江行风利，八月初二日竟抵杭州。以遗才入闱中式。次年，果举一子。

焕曾笃实有古风，其所言当不妄。

【译文】

我的门生萧山人汪辉祖，字焕曾，是乾隆四十年考中的进士，现任湖南宁远县知县。没考上进士之前，他长期做幕僚，曾撰《佐治药言》二卷。其中记载几件近年之事，很值得引以为鉴。

其一说：景溪先生名尔周，任吴桥县令时，有个幕僚叶某，一天晚上正在喝酒，忽然昏倒在地，过了两个时辰才醒来。第二天，他闭门用黄纸书写了一篇呈文，拿到城隍庙祭拜后焚烧了，没人知道其中缘故。过了六天，叶某又如前次一样昏倒在地，很久才醒来，于是请求迁居到府外去。

他说：八年前在山东馆陶县做幕僚，有位士子控告一个恶少调戏了他妻子。本来打算报请县今只惩治恶少，不必让士子妻出堂对质。但另一幕僚谢某却想看看士子妻姿色如何，怂恿叶某传讯她。结果士子妻上吊而死，恶少也按罪抵命。现在恶少在阴间控告说，那女人若不死，他便没有死罪；而女人的死是衙门传讯引起的。馆陶县城隍神发来文牒拘审叶某。昨天呈文申辩说："那女人本应出庭对质。况且出此主意的是谢某。"很快，城隍神又来文说："传讯那女人是要看人家姿色，不是为人家申冤。这念头虽然起于谢某，但笔却操在叶某手里。谢某已经拘拿到此，叶某也不能宽恕。"我是逃不过去了。第二天晚上果然死去。

其一说：浙江按察使同公说：乾隆二十年秋季复审各省死刑犯时，有天夜晚出门，暗察属下官吏办案情况。大部分都已睡了，只有一个房间还灯烛明亮。他在窗上挖个孔向里窥视，见一官吏正在翻阅案卷，几案前站着一个老翁和一个少妇。心里很惊诧，仍接着往下看。只见官吏先写了一张判决书，后来撕毁了又重新书写。那少妇恭敬地退下去了。官吏又抽出一份案卷，沉思了许久，书写了一张判决书。老翁也作揖退去。

后来同公传问了这位官吏，得知先审理的是台州的强奸致死案。开始判定缓期处决，后来考虑到奸污犯是读书人，却德行败坏致人死命，所以改判为立斩。后审理的是宁波斗殴致死案。开始判为立斩，后考虑到杀人者去讨债很正常，自卫还击欠债者的无理殴打而致伤人命，所以改判为缓期处决。同公才知那少妇是宁死不失节的烈女魂魄，那老翁是在押死刑犯的亡父。

其一说：秀水县衙有座爱日楼，楼梯板早已毁坏，每逢阴雨天就会听见鬼哭。一位老吏讲，康熙年间，一位县令的母亲喜好念经，于是修建了这座楼。雍正初年，有位县令携同他的幕友胡某来上任。盛夏时节不想见人，便独居楼上。他所用的书籍、案卷和食物，都用绳子吊上吊下。一天，听见楼上发出惨叫声。手下人急忙搭梯而上，见胡某赤身裸体浑身是血，正拿刀刺自己的肚子，并在身上乱刻乱画。胡某自己说，以前在湖南某县做幕僚，有一桩案子是奸夫杀了本夫，奸妇向官府自首了。我怕县令责怪我失察，就上报说拿住了奸夫奸妇，奸妇于是被分尸。刚才我看见一位神领着那奸妇来此，用刀刺我腹部，便人事不知了。胡某呼叫了一天一夜后死去。

其一说：吴兴某县吏以善于治理钱财粮税著名。一个同事偶然怠慢了他，他就向上司密告同事贪污盗窃，致使同事入了大狱。后来这个县吏竟咬烂自己的舌头而死。

又，无锡的张某在归安县令裘鲁青府上做幕僚。有个奸夫杀了本夫，裘县令认为奸妇并未参与谋杀而要释放她。张某大声辩说："赵盾没讨伐弑君者，就是弑君；许世子为父亲进药而没尝，就是弑父。《春秋》中有追究动机之法，因此奸妇不能宽恕。"结果奸妇被处死了。后来张某梦见一女子披头散发，手持利剑来到他面前说："我本无死罪，你为什么非要我死不可？"说着就用刀刺他。张某惊醒，觉得被刺的地方很痛，从此夜夜有此噩梦，直到死去。

其一说：萧山人韩其相，少年时就擅长为文，但他屡屡应试落第，年长后又无子嗣，他决心不再参加科考。雍正元年，韩先生在公安县做幕僚，梦见神对他说："你因为笔下的罪孽太多，被剥夺了官禄和子嗣。现在你治狱办案仁义宽恕，将赏赐你科考功名和儿子。赶快启程赴试吧。"韩不敢全信，第二天晚上又做了此梦。当时已是七月上旬，他说去赶考已来不及了。神说："我能送你。"醒后，他急忙整理行装启程。船行江中一路顺风，八月初二竟然到达了杭州，作为遗才入选中举。第二年果然又得一个儿子。

汪辉祖治学严谨踏实，有古人之风，所讲的事情不会是妄言胡说。

布商韩某

【原文】

汪御史香泉言，布商韩某，昵一狐女，日渐尫羸。其侣求符箓劾禁，暂去仍来。一夕，与韩共寝，忽披衣起坐曰："君有异念耶？何忽觉刚气砭人，刺促不宁也？"韩曰："吾无他念。惟邻人吴某，迫于债负，鬻其子为歌童。吾不忍其衣冠之后沦下贱，措四十金欲赎之，故辗转未眠耳。"狐女蹷然推枕曰："君作是念，即是善人。害善人者有大罚，吾自此逝矣。"以吻相接，嘘气良久，乃挥手而去。韩自足壮健如初。

【译文】

据御史汪香泉说，布商韩某与一狐女亲昵，身体一天天瘦弱起来。伙伴求得符箓加以禁止，那狐女离开没有多久又回来了。一天夜晚，她与韩某共寝时，忽然披衣坐起说："你有异心吗？为什么我觉得刚气逼人，刺得我不能安宁呢？"韩某说："我并无他念，只是邻居吴某迫于负债，将儿子卖作歌童。我不忍读书人的后代沦为下贱人，便想筹措四十两银子将他赎回来，因此辗转难眠。"狐女急忙推开枕头说："你做这样的打算就是善人，戕害善人会受大处罚，我从此去了。"于是她与韩某口对口，嘘了好一会儿气才挥手离去。韩某从此身体又像原先那样健壮了。

奇　谋

【原文】

至危至急之地，或忽出奇焉；无理无情之事，或别有故焉。破格而为之，不能胶柱而断之也。

吾乡一媪，无故率媪妪数十人，突至邻村一家，排闼强劫其女去。以为寻衅，则素不往来；以为夺婚，则媪又无子。乡党骇异，莫解其由。女家讼于官，官出牒拘摄。媪已携女先逃，不能踪迹，同行婢妪，亦四散逋亡。缧绁多人，辗转推鞫，始有一人吐实，曰："媪一子病瘵垂殁，媪抚之恸曰：'汝死自命，惜哉不留一孙，使祖父竟为馁鬼也。'子呻吟曰：'孙不可必得，然有望焉。吾与某氏女私昵，孕八月矣，但恐产必见杀耳。'子殁后，媪咄咄独语十余日，突有此举，殆劫女以全其胎耶？"官怃然曰："然则是不必缉，过两三月自返耳。"届期果抱孙自首。官无如之何，仅断以不应重律，拟杖纳赎而已。

此事如兔起鹘落，少纵即逝。此媪亦捷疾若神矣。安静涵言：其携女宵遁时，以三车载婢妪，与己分四路行，故莫测所在。又不遵官路，横斜曲折，歧复有歧，故莫知所向。且晓行夜宿，不淹留一日，俟分娩乃税宅，故莫迹所居停。其心计尤周密也。女归，为父母所弃，遂偕媪抚孤，竟不再嫁。以其初涉溱洧，故旌典不及，今亦不著其氏族焉。

【译文】

当人处在危险紧迫的时候，也许会忽出奇谋；有些不合乎情理的事情，或许另有缘故。不遵常规的事情，不能墨守成规加以判断。

我家乡有个老妇，无缘无故带着几十个人，突然来到邻村一户人家，闯进门把这家女儿强劫而去。人们以为是寻衅闹事，但彼此素无来往；以为是夺婚，而老妇又无儿子。邻里很惊异，不知什么缘故。官府发出通牒追捕，而老妇已携女先逃，不知踪迹，同案妇人也已四散逃走。抓获多人，经辗转审讯，才有一人吐出实情，说："老妇有个儿子病危将死，老妇抚着他痛哭道：'你死是你的命，只可惜没为我留下一个孙子，你的祖父要当饿鬼了。'儿子呻吟着说：'孙子不是必然能得到，但仍有希望。我与某家女私通，她已有八个月身孕，只怕生下后孩子会被杀。'儿子死后，老妇自言自语了十来天，才突然有此举动。大概劫走女子是为了保全胎儿吧！"县官慨叹说："既然是这样，就不必通缉了，两三个月后她就会回来的。"届时老妇果然抱着孙子来自首。县官无可奈何，判决不应定重罪，只处以杖责，用钱赎打而已。

这事来去突然，稍纵即逝，老妇也是迅捷如神。据安静涵说，她携女夜逃时，用三辆车载着其他妇女，与她自己共分四路走，因而不知她在哪一路。她不走官道，横斜曲折，岔路中又有岔路，因而也不知她往哪儿去了。况且晓行夜宿，一天也不停，等分娩时才租借住宅，所以查不出停留之处。她的心计是很周密的。某女回来后，父母不让进屋，她便与老妇一同抚养孤儿，竟然不再嫁人。因为她当初私通，因而在表彰贞妇的典册中没有她的名字，这里也不便写出她的家族姓氏。

甲乙相仇

【原文】

甲乙有夙怨，乙日夜谋倾甲。甲知之，乃阴使其党某以他途入乙家。凡为乙谋，皆算无遗策。凡乙有所为，皆以甲财密助其费，费省而功倍。越一两岁，大见信，素所倚任者皆退听。

乃乘间说乙曰："甲昔阴调我妇，讳弗敢言，然衔之实次骨。以力弗敌，弗敢撄。闻君亦有仇于甲，故效犬马于门下。所以尽心于君者，固以报知遇，亦为是谋也。今有隙可抵，盍图之?"乙大喜过望，出多金使谋甲。某乃以乙金为甲行赂，无所不曲到。阱既成，伪造甲恶迹及证佐姓名以报乙，使具牒。比庭鞫，则事皆子虚乌有，证佐亦莫不倒戈。遂一败涂地，坐诬论戍。愤恚甚，以昵某久，平生阴事皆在其手，不敢再举，竟气结死。

死时誓诉于地下，然越数十年卒无报。论者谓难端发自乙，甲势不两立，乃铤而走险，不过自救之兵，其罪不在甲。某本为甲反间，各忠其所事，于乙不为负心，亦不能甚加以罪，故鬼神弗理也。此事在康熙末年。《越绝书》载，子贡谓越王曰："夫有谋人之心，而使人知之者，危也。”岂不信哉？

【译文】

甲乙二人之间有旧怨，乙一门心思想害甲。甲知道后便暗中派他的亲信某人，从其他途径进入乙家。凡是他为乙谋划的事，都算计得没有疏漏；凡是乙要干什么，他都利用甲的钱暗中加以资助，省钱又奏效，过了一两年，他极得乙的信任，乙平素所倚重的人都排到他后边了。

于是某人便趁机对乙说：“甲过去曾暗中调戏我的媳妇，我瞒着不敢说，但刻骨仇恨他。因力量不敌，所以不敢和他斗。听说你和甲也有仇，所以我便到你门下效犬马之劳。我尽心尽力为你办事，一方面是报答你的知遇之恩，同时也是为了报复。现在有个机会报仇，何不试一试呢？”乙大喜过望，拿出许多钱财来算计甲。某人使用这些钱为甲疏通关系，各个关节都打通了。布置好了圈套，某人便将捏造的甲的恶劣行径和证人姓名告诉了乙，让乙写诉状上告。等到法庭审问时，所有的事都是无稽之谈，证人们也都改口不认账。乙于是一败涂地，因犯诬陷罪被判发配戍边。乙又气又恨，但因为和这个人关系长期以来很亲密，平生的隐私都被他掌握着，因此不敢上告，竟然气闷郁结而死。

乙死时发誓要告到地下，可是过了几十年，还是没有报应。议论这事的人说是乙首先发难，甲与乙势不两立，这才铤而走险。这不过是为了自救，罪过不在甲。某人本来就是为甲使反间计，忠于他的职责，他对乙也不算负心，也不能把罪责过多地加给他。所以鬼神也不管这事。这事发生在康熙末年。《越绝书》中记载，子贡对越王说："有害人之心，又让别人知道，这就危险了。"怎么能不相信这话呢？

轿　夫

【原文】

尝与杜少司寇凝台同宿南石槽，闻两家轿夫相语曰："昨日怪事，我表兄朱某在海淀为人守墓，因入城未返。其妻独宿，闻园中树下有斗声，破窗纸窃窥，见二人攘臂奋击，一老翁举杖隔之，不能止。俄相搏仆地，并现形为狐，跳踉摆拨，触老翁亦仆，老翁蹶起，一手按一狐呼曰：'逆子不孝，朱五嫂可助我。'朱伏不敢出。老翁顿足曰：'当诉诸土神。'恨恨而散。次夜，闻满园银铛声，似有所搜捕。觉几上瓦瓶似微动，怪而视之，瓶中小语曰：'乞勿言，当报恩，'朱怒曰：'父母恩且不肯报，何有于我？'举瓶掷门外碑趺上，訇然而碎。即闻嗷嗷有声，意其就执矣。"一轿夫曰："斗触父母倒，是何大事，乃至为土神捕捉？殊可怖也。"凝台顾余笑曰："非轿夫不能作此言。"

【译文】

我曾和杜凝台少司寇在南石槽同宿，听两家轿夫互相在一起交谈，一个说："昨天有件怪事，我的表兄朱某在海淀为人守墓，因为进城去了没有回来。他的妻子朱氏一个人睡觉，听到园中树下有争斗的声音，捅破窗纸偷看，只见两个人拳来脚往，一个老翁拿着手杖阻拦，但拦不住。接着两个人斗倒在地，都现出狐狸原形，跳来跳去，把老翁也撞倒了。老翁起身，一只手按着一只狐狸叫道：‘逆子不孝！朱五嫂快来帮帮我。’朱氏趴着身子不敢出来。老翁跺脚说：‘我要告到土地神那里去。’怀恨而去。第二天夜里，只听满园的铃铛撞击声，好像在搜捕什么。朱氏觉得桌上的瓦瓶好像在动，奇怪地去查看。瓶中有人小声说；‘求你别说话，我一定报答你，’朱氏发怒说：‘父母的恩情都不肯报，对我还能有什么？’于是抓起瓶子摔到门外的碑石上，瓦瓶轰的一声碎了。接着听到嗷嗷的叫声。看来那只狐狸已被捉住了。”另一个轿夫说：“打架把父母碰倒了，这算什么大事，还惊动土地神来抓？真是太可怕了。”杜凝台笑着对我说：“不是轿夫恐怕说不出这种话来。”

滴血试亲

【原文】

从孙树森言，晋人有以资产托其弟，而行商于外者，客中纳妇，生一子。越十余年，妇病卒，乃携子归。弟恐其索还资产也，诬其子抱养异姓，不得承父业。纠纷不决，竟鸣于官。官故愦愦，不牒其商所问真赝，而依古法滴血试。幸血相合，乃笞逐其弟。弟殊不信滴血事，自有一子，刺血验之，果不合。遂执以上诉，谓县令所断不足据。乡人恶其贪媢无人理，佥曰："其妇夙与某私昵，子非其生，血宜不合。"众口分明，具有征验，卒证实奸状。拘妇所欢鞫之，亦俯首引伏。弟愧不自容，竟出妇逐子，窜身逃去，资产反尽归其兄。闻者快之。

按：陈业滴血，见《汝南先贤传》，则自汉已有此说。然余闻诸老吏曰："骨肉滴血必相合，论其常也。或冬月以器置冰雪上，冻使极冷，或夏月以盐醋拭器，使有酸咸之味，则所滴之血，入器即凝，虽至亲亦不合。故滴血不足成信谳。"然此令不刺血，则商之弟不上诉；商之弟不上诉，则其妇之野合生子亦无从而败。此殆若或使之，未可全咎此令之泥古矣。

【译文】

我的侄孙纪树森说，有个山西人把家产托付给弟弟，自己出外经商，他在外娶了妻子，生了一个儿子。十多年后，妻子病逝了，于是带着儿子返回老家。他的弟弟害怕他讨还资产，就诬告说哥哥带回的孩子是抱养的，不能继承父业。兄弟俩为此闹得不可开交，只得告到官府。县令是个昏庸之人，他没有审问商人有关问题的真假，而是依据传统的滴血法来试验。幸好父子的血相合，便把商人的弟弟打了一顿板子赶走了。弟弟很不相信滴血的事，他也有一个儿子，便刺血相验，果然他与儿子的血不相合。于是，他就以此作为证据，说县令的做法是不足为凭的。乡邻都厌恶他贪婪，没有人帮他说话，便向官府作证说："他媳妇以前跟某人相好，那儿子根本不是他的，因此血不合。"人们说得清清楚楚，也证实有奸情，拘来他妻子的相好一审，对方也认罪。弟弟羞愧得无地自容，竟休了妻子，赶走了儿子，自己弃家外逃，连他的那份家产也一同归了他的哥哥。听说此事的人无不称快。

按：陈业滴血辨认兄长骸骨的故事，见于《汝南先贤传》。可见从汉朝以来就有这样的说法。然而我听一位老吏说："亲骨肉的血必能相合，这是就一般情况而言。如果在冬天把验血的容器放在冰雪上，冻得使它极凉；或者在夏天用盐醋擦拭容器，使容器有酸咸的味道，那么血一接触容器，就会马上凝结，即使是骨肉至亲的血也不会相合。所以用滴血法断案，并不能断得完全正确。”但是这位县官如果不使用滴血法，那么弟弟就不会上诉；弟弟不上诉，则他妻子私通生子的事就不会败露。这大概另有什么神秘的力量驱使，不能完全责怪这位县官拘泥于古法。

董曲江寓僧寺

【原文】

董曲江前辈言，乾隆丁卯乡试，寓济南一僧寺，梦至一处，见老树下破屋一间，欹斜欲圮。一女子靓妆坐户内，纤愁绿惨，摧抑可怜。疑误入人内室，止不敢进。女子忽向之遥拜，泪涔涔沾衣袂，然终无一言。心悸而寤。越数夕，梦复然。女子颜色益戚，叩额至百余。欲逼问之，倏又醒。疑不能明，以告同寓，亦莫解。

一日，散步寺园，见庑下有故柩，已将朽。忽仰视其树，则宛然梦中所见也。询之寺僧，云是某官爱妾，寄停于是，约来迎取，至今数十年，寂无音问。又不敢移瘗，旁皇无计者久矣。曲江豁然心悟。故与历城令相善，乃醵金市地半亩，告于官而迁葬焉。用知亡人以入土为安，停搁非幽灵所愿也。

【译文】

据前辈董曲江先生说，乾隆十二年他参加乡试，住在济南的一座庙里。梦中来到一个地方，看见一棵老树下有一间破屋，摇摇欲坠。屋里坐着一个浓妆女子，面目凄惨可怜。董先生以为自己误入人家内室，就止步不敢进去。那女子忽然在远处向他跪拜，泪珠洒落在衣袖上，但始终没说一句话。董先生惊悸而醒。过了几个晚上，他又做了同样的梦，那女子的容颜更加凄苦，向他磕了上百个头。董先生想问她，却忽然又醒了。董先生不知是怎么回事，告诉同住的人，那人也无法解释。

有一天，董先生在寺园散步，见廊檐下停着一口旧棺材，已将腐朽。他猛一抬头，面前有一棵老树，好像就是梦中所见。问庙里的和尚，和尚告诉他说这是某官的一位爱妾，寄存在此，约好来取的，如今已经有几十年了，却杳无音信。又不敢移葬，不知怎么处理，已经很久了。董先生心里豁然明白了。董先生与历城县令是旧交，便筹集了部分资金，买了半亩地，并与地方打了招呼，迁葬了。由此可知，死去的亡灵都以入土为安，停搁太久是幽灵所不愿的。

邀鬼饮酒

【原文】

房师孙端人先生，文章淹雅，而性嗜酒。醉后所作，与醒时无异。馆阁诸公，以为斗酒百篇之亚也。督学云南时，月夜独饮竹丛下，恍惚见一人注视壶盏，状若朵颐。心知鬼物，亦不恐怖，但以手按盏曰："今日酒无多，不能相让。"其人瑟缩而隐。醒而悔之曰："能来猎酒，定非俗鬼。肯向我猎酒，视我亦不薄。奈何辜其相访意？"市佳酿三巨碗，夜以小几陈竹间。次日视之，酒如故。叹曰："此公非但风雅，兼亦狷介。稍与相戏，便涓滴不尝。"幕客或曰："鬼神但歆其气，岂真能饮？"先生慨然曰："然则饮酒宜及未为鬼时，勿将来徒歆其气。"先生侄渔珊，在福建学幕，为余述之。觉魏晋诸贤，去人不远也。

【译文】

房师孙端人先生文章写得大气典雅，而且喜欢饮酒，酒后的文章与清醒时写的一样好。翰林们都称他是仅次于李白的又一个斗酒诗百篇的醉仙。他在督学云南时，月夜独自一人在竹丛下饮酒，恍惚间发现有人在注视着他的酒壶，表现出很馋的样子。先生心里明白是鬼，也不害怕，只是用手按着杯子说道："今天酒不多，就不让你了。"那人缩着身子不见了。孙先生醒酒后非常后悔，说："能来要酒喝，绝不是俗鬼；能来向我要酒喝，一定很看得起我，我为什么要辜负他的拜访之意呢？"于是他买来三大碗好酒，夜间设案摆在竹林间。第二天一看，那酒一点儿没动。孙先生叹道："这位先生不但风雅，而且孤傲。跟他开个玩笑，竟连一口也不喝了。"幕客中有一个人说："鬼神不过是吞吸酒的气味，哪能真喝？"孙先生感慨地说："可见喝酒还是要赶在做鬼之前，别等当了鬼，只能吸点酒气。"孙端人的侄子孙渔珊在福建学署做幕僚时向我讲了这事。我觉得魏晋名士的遗风离我们并不远。

少华山

【原文】

吴林塘言，曩游秦陇，闻有猎者在少华山麓，见二人傫然卧树下。呼之犹能强起，问："何困踬于此?"其一曰："吾等皆为狐魅者也。初，我夜行失道，投宿一山家。有少女绝妍丽，伺隙调我。我意不自持，即相媟狎。为其父母所窥，甚见詈辱。我拜跪，始免捶挞。既而闻其父母絮絮语，若有所议者。次日，竟纳我为婿。惟约山上有主人，女须更番执役，五日一上直，五日乃返。我亦安之。半载后，病瘵，夜嗽不能寝，散步林下，闻有笑语声，偶往寻视，见屋数楹，有人拥我妇坐石看月。不胜恚忿，力疾欲与角。其人亦怒曰：'鼠辈乃敢瞰我妇!'亦奋起相搏。幸其亦病惫，相牵并仆。妇安坐石上，嬉笑曰：'尔辈勿斗。吾明告尔，吾实往来于两家，皆托云上直，使尔辈休息五日，蓄精以供采补耳。今吾事已露，尔辈精亦竭，无所用尔辈。吾去矣。'奄忽不见。两人迷不能出，故饿踣于此，幸遇君等得拯也。"其一人语亦同。

猎者食以干糒，稍能举步。使引视其处，二人共诧曰："向者墙垣故土，梁柱故木，门故可开合，窗故可启闭，皆确有形质，非幻影也，今何皆土窟耶？院中地平如砥，净如拭，今何土窟以外，崎岖不容足耶？窟广不数尺，狐自可容矣，何以容我二人？岂我二人之形亦为所幻化耶？"一人见对面崖上有破磁，曰："此我持以登楼，失手所碎。今峭壁无路，当时何以上下耶？"四顾徘徊，皆惘惘如梦。

二人恨狐女甚，请猎者入山捕之。猎者曰："邂逅相遇，便成佳偶，世无此便宜事。事太便宜，必有不便宜者存。鱼吞钩，贪饵故也；猩猩刺血，嗜酒故也。尔二人宜自恨，亦何恨于狐？"二人乃悯默而止。

【译文】

据吴林塘说，他从前漫游陕西、甘肃一带时，听说有一个猎人在少华山麓，见两个病弱不堪的人躺在树下。猎人喊他们，他们还能勉强起来。猎人问："怎么困在这里？"其中一个说："我俩都遭到狐仙的迷惑。当初我走夜道迷了路，便到一个山民家投宿。有一个少女长得十分漂亮，趁机勾引我，我不能自持，就和她厮混起来，被她的父母看见了，挨了一通臭骂。我跪在地上求饶，才免了痛打。接着，便听见她父母絮絮叨叨地说话，似乎在商议什么事。第二天，他们竟招我做女婿。只是说山上有主人，少女必须轮番去干活，她隔五天便去值班，五天后才回来。我也答应了。半年以后，我病倒了，晚上咳嗽睡不着，便去林中散步，听到有笑语声，无意中循声望去，发现几间房子，有一个人搂着我的妻子坐在石头上赏月。

我怒火中烧，和那人厮打起来。那个人也怒气冲冲地喊：‘胆大鼠辈，竟敢打我妻子的主意。’也奋力与我搏斗。幸亏他也病得够戗，两人拉扯着都倒在地上。那女人安然坐在石头上，嬉笑说：‘你们不必争斗了。我明白告诉你们，我实际上来往于两家，都撒谎说去值班，为的是叫你们休息五天，养精蓄锐，好供我采补。如今我的事已经败露，你们俩的精气也已尽了，已毫无用处，我该走了！’那女子转眼就不见了。我俩迷路走不出去，所以饿倒在这里，幸亏遇上了您，我俩才能得救。”另一个人说的也相同。

猎人拿出干粮给他们吃了，他们才能勉强走路。猎人请他们带着去看原来的住处，到了原地，两人都很惊诧：“原先的墙是土的，梁柱是木头的，门窗能自由开关，都是实在的东西，不是幻影，如今怎么变成土窟窿了呢？院子里原来地面平整，洁净得像擦拭过，如今除了土窟窿之外，高低不平没有落脚之地。这些土窟窿只有几尺宽，狐仙可以藏身，怎能容得下我们？难道我俩的外形也被幻化了？”另一个看到对面山崖有破碎的瓷片，说道：“那是我拿着上楼时，不慎摔坏的。如今悬崖峭壁，无路可走，当时怎么上下的？”两人四面环顾，茫茫然像做了一场梦。

两人非常痛恨狐女，请求猎人进山捕杀她。猎人说：“你们与狐女邂逅相遇，便结成了夫妻，世上本没有这么便宜的事。事情太便宜，必有不便宜之处。鱼吞钩，是因为贪吃钓饵；猩猩被捉住放血，是因为贪吃酒食。你俩应该恨自己，为何怀恨于狐仙呢？”两个人于是都忧愁惭愧而不言语了。

神佑善人

【原文】

余有庄在沧州南，曰上河涯，今鬻之矣。旧有水明楼五楹，下瞰卫河，帆樯来往栏楣下，与外祖雪峰张公家度帆楼，皆游眺佳处。先祖母太夫人，夏月每居是纳凉，诸孙更番随侍焉。一日，余推窗南望，见男妇数十人，登一渡船。缆已解，一人忽奋拳击一叟落近岸浅水中，衣履皆濡。方坐起愤詈，船已鼓棹去。时卫河暴涨，洪波直泻，汹涌有声。一粮艘张双帆顺流来，急如激箭，触渡船碎如柿。数十人并没，惟此叟存，乃转怒为喜，合掌诵佛号。问其何适，曰："昨闻有族弟得二十金，鬻童养媳为人妾，以今日成券。急质田得金如其数，赍之往赎耳。"众同声曰："此一击神所使也。"促换渡船送之过。时余方十岁，但闻为赵家庄人，惜未问其名姓。此雍正癸丑事。

又先太夫人言，沧州人有逼嫁其弟妇，而鬻两侄女于青楼者，里人皆不平。一日，腰金贩绿豆，泛巨舟诣天津。晚泊河干，坐船舷濯足。忽西岸一盐舟纤索中断，横扫而过，两舷相切，自膝以下，筋骨糜碎如割截，号呼数日乃死。先外祖一仆闻之，急奔告曰："某甲得如是惨祸，真大怪事！"先外祖徐曰："此事不怪。若竟不如此，反是怪事。"此雍正甲辰、乙巳间事。

【译文】

我有一座庄园在沧州之南，名叫"上河涯"，现在已经卖了。庄园有水明楼五间，可以俯瞰卫河的舟船来往。这水明楼和外祖父张雪峰家的度帆搂，都是登高远眺的好地方。先祖母张太夫人每年夏季便住在这里避暑，孙子们轮流侍奉她。有一天，我推开窗户向南望去，只见男女几十个人上了一条渡船，缆绳已解，突然有一个人奋力一拳把一位老人击落在岸边的浅水中，老人的衣鞋全湿了。他刚要起来骂人，船已扬帆而去。当时，卫河水突然暴涨，洪水直泻下来，汹涌澎湃。一艘运粮船顺流直下，像一支离弦的箭，直撞渡船，把渡船撞得粉碎如柿饼，船上几十人全部落水淹死，只有这个老人幸存下来。老人转怒为喜，合掌诵起佛来。有人问老人到哪儿去，老人说："昨天听说我的一位堂弟得了人家二十两银子，把童养媳卖给人去做小老婆，定在今天立字据成交。我急忙把地押给别人，换了二十两银子，要把那女孩子赎回来。"众人异口同声地说："这一拳是神仙指使人打的。"众人急忙招呼渡船把老人送过河。当时我刚十岁，听说老人是赵家庄人，可惜没有问他的姓名。这是雍正十一年的事。

又听先太夫人说，沧州有个人逼迫寡居的弟媳妇改嫁，并把两个侄女卖给妓院，乡里人都对此愤愤不平。有一天，这个人带着钱贩卖绿豆，乘着大船去天津。傍晚，船停泊在岸边，他坐在船舷上洗脚。忽然河西岸有一艘盐船的缆绳断了，盐船突然横扫过来，两舷相切，那人膝盖以下的骨肉粉碎，像被割断了一样，他呼号了几天后死去。先外祖父雪峰公家的仆人听说了这件事后，忙来报告说："某甲遭到如此惨祸，真是件大怪事！"先外祖父听后，慢条斯理地说："这事不怪，我看他不落得这个下场，那才是怪事呢。"这事发生在雍正二、三年间。

黠　鬼

【原文】

先师介公野园言，亲事中有不畏鬼者，闻有凶宅，辄往宿。或言西山某寺后阁，多见变怪。是岁值乡试，因僦住其中。奇形诡状，每夜环绕几榻间，处之恬然，然亦弗能害也。

一夕月明，推窗四望，见艳女立树下。咥然曰："怖我不动，来魅我耶？尔是何怪？可近前。"女亦咥然曰："尔固不识我，我尔祖姑也，殁葬此山。闻尔日日与鬼角，尔读书十余年，将徒博一不畏鬼之名耶？抑亦思奋身科目，为祖父光，为门户计耶？今夜而斗争，昼而倦卧，试期日近，举业全荒，岂尔父尔母遣尔裹粮入山之本志哉？我虽居泉壤，于母家不能无情，故正言告尔。尔试思之。"言讫而隐。私念所言颇有理，乃束装归。

归而详问父母，乃无是祖姑。大悔，顿足曰："吾乃为黠鬼所卖。"奋然欲再往。其友曰："鬼不敢以力争，而幻其形以善言解。鬼畏尔矣，尔何必迫穷寇？"乃止。此友可谓善解纷矣。然鬼所言者正理也，正理不能禁，而权词能禁之，可以悟销熔刚气之道也。

【译文】

据先师介野园先生说，他的亲戚中有个不怕鬼的人，听说哪儿有凶宅，就去住。有人说西山某庙后面的阁楼里常常闹鬼，这一年正值乡试，他就租下这座阁楼住下来。屋里经常出现奇形怪状的东西，每夜都环绕在他的几榻前，他处之泰然，鬼怪也不能伤害他。

有一天夜里月色明亮，他推窗四望，看见一位美女站在树下，他冷笑说："你吓不住我，想来迷我吗？你是什么怪，到我跟前来！"女鬼也冷笑说："你自然不认识我，我是你姑奶奶，死后就埋葬在此山上。我听说你天天和鬼斗，你读书十多年，只是为了得一个不怕鬼的名声？是不是也想要发奋读书，有朝一日扬声科场，光宗耀祖呢？你现在夜里与鬼斗，白天睡大觉，考期将近，学业全荒废了，难道这是你父母给你钱粮，让你进山的本意吗？我虽然身在阴间，对娘家不能无情，所以对你正言相告。你想一想吧！"说完，女鬼就不见了。他觉得此话有理，便收拾行装回去了。

他回来后详细询问父母，根本没有这么个姑奶奶。他很后悔，跺着脚说："让这个狡猾的鬼给耍了。"他又想进山，朋友劝他说："鬼不敢与你以力相争，而变了形来好言相劝，说明鬼很怕你，你何必没完没了呢？"他这才罢休。这位朋友可以说是善于排解纷争的了。但是鬼所说的是正理；正理说服不了人，而权变之词能说服人，由此可以领悟销熔刚气之道了。

青楼奇女子

【原文】

同郡某孝廉未第时，落拓不羁，多来往青楼中。然倚门者视之，漠然也。惟一妓名椒树者独赏之，曰："此君岂长贫贱者哉！"时邀之狎饮，且以夜合资供其读书。比应试，又为捐金治装，且为其家谋薪米。孝廉感之，握臂与盟曰："吾倘得志，必纳汝。"椒树谢曰："所以重君者，怪姊妹惟识富家儿，欲人知脂粉绮罗中，尚有巨眼人耳。至白头之约，则非所敢闻。妾性冶荡，必不能作良家妇。如已执箕帚，仍纵怀风月，君何以堪？如幽闭闺阁，如坐囹圄，妾又何以堪？与其始相欢合，终致仳离，何如各留不尽之情，作长相思哉？"后孝廉为县令，屡招之不赴。中年以后，车马日稀，终未尝一至其署。亦可云奇女子矣。使韩淮阴能知此意，乌有"鸟尽弓藏"之憾哉？

【译文】

我的一位同乡在没有考取举人之前，穷困潦倒，为人放荡不羁，常出入妓院。但烟花女子都不怎么搭理他，只有一个叫椒树的妓女赏识他，说："这位郎君怎会长久地贱穷下去呢？"因此时常请他来宴饮亲热，并拿出接客钱资助他读书。等到应考时，椒树又拿钱为他准备行装，并为他家安排柴米油盐。这人十分感激她，拉着她的手说：“倘若我得到一官半职，一定娶你。”椒树辞谢说：“我所以器重您，只是怪姐妹们只认识富家儿，我想让人们明白，在脂粉堆里，也有慧眼识贤的人。至于白头偕老的约定，我是不敢想的。我性情放荡，当不成良家妇女。如果我成了您的夫人，依然纵情声色，您怎么受得了？如果把我幽禁在闺阁中，就像进了监狱，我也不能忍受。与其开始欢合，最终离异，还不如互留相思之情，作为长久的思念。”后来，这位同乡果然考中了举人，官居县令。他多次请椒树来，她都没有答应。中年以后的椒树门前车马日渐稀少，终究没有到县衙去过。她可称得上是一位奇女子。假如当年淮阴侯韩信能明白这个道理，怎么会有“飞鸟尽，良弓藏”的遗憾呢？

鬼偿赌金

【原文】

黎荇塘言，有少年，其父商于外，久不归。无所约束，因为囊家所诱，博负数百金。囊家议代出金偿众，而勒写鬻宅之券。不得已，从之。虑无以对母妻，遂不返其家，夜入林自缢。甫结带，闻马蹄隆隆，回顾，乃其父归也。骇问："何以作此计?"度不能隐，以实告。父殊不怒，曰："此亦常事，何至于此！吾此次所得尚可抵。汝自归家，吾自往偿金索券可也。"时囊家博未散，其父突排闼入。本皆相识，一一指呼姓字，先斥其诱引之非，次责以逼迫之过。众错愕无可置词。既而曰："既不肖子写宅券，吾亦难以博诉官。今偿汝金，汝明日分给众人，还我宅券，可乎?"囊家知理屈，愿如命。其父乃解腰缠付囊家，一一验入。得券即就灯焚之，愤然而出。其子还家具食，待至晓不归。至囊家侦探，曰："已焚券去。"方虑有他故。次日，囊家发箧，乃皆纸铤。金所亲收，众目共睹，无以自白，竟出己囊以偿。顿自疑遇鬼。后旬余，讣音果至，殁已数月矣。

【译文】

据黎荇塘说，有个年轻人，他父亲在外经商很久没有回家。家里没人管教，他被赌头引诱，输了几百两银子。赌头提出代他还钱给赢家，却逼他写卖房子的字据。年轻人不得已写了字据。他担心没法向母亲、妻子交代，不敢回家，夜里寻到树林上吊。他刚拴好绳套，听到马蹄声滚滚而来。回头一看，正是他的父亲回来了。父亲惊骇地问："为什么这样？"年轻人估计瞒不住了，只好实说。父亲一点也不生气，说："这也是常事，何必为此寻死？我这次带回来的钱足够偿还你这笔债。你先回家，我去为你还债索要字据。"当时，那些赌徒们还没有散去，他父亲突然推门而入，原先就都认识，一一点着赌徒们的名字，先是指责他们引诱自己儿子参加聚赌不对，接着又斥责他们逼迫写字据不对。众赌徒无言答对。过了一会儿，又说："既然是我那没德行的儿子写下了字据，我也不能因赌博告官。现在我把儿子的赌债还了，你明天分给大家，把那张字据还给我行吗？"赌头自知理屈，就答应了。年轻人的父亲解下腰袋，把银钱如数交给赌头，赌头一一查收。年轻人的父亲接过字据，就在灯上焚毁了，然后愤愤地离开了赌场。年轻人回到家里，准备了饭菜，一直等到天亮，也没见父亲回来。到赌头家里探听，说他父亲把字据烧掉后就走了。赌头正担心有别的什么变故，第二天，打开箱子，发现昨晚的钱全是纸钱。钱是他自己亲自收下的，有目共睹，没有什么话可说，只好自掏腰包来偿还这笔亏空。他心里疑惑，怕是遇见了鬼。十多天后，果然讣告到了，原来年轻人的父亲已死了好几个月了。

学无高下

【原文】

安中宽言，有人独行林莽间，遇二人，似是文士，吟哦而行。一人怀中落一书册，此人拾得。字甚拙涩，波磔皆不甚具，仅可辨识。其中或符箓，或药方，或人家春联，纷糅无绪，亦间有经书古文诗句。展阅未竟，二人遽追来夺去，倏忽不见，疑其狐魅也。一纸条飞落草间，俟其去远，觅得之，上有字曰：“《诗经》‘於’字皆音‘乌’，《易经》‘卿’字左边无点。”

余谓此借言粗材之好讲文艺者也，然能刻意于是，不愈于饮博游冶乎？使读书人能奖励之，其中必有所成就。乃薄而挥之，斥而笑之，是未思圣人之待互乡、阙党二童子也。讲学家崖岸过峻，使人甘于自暴弃，皆自沽己名，视世道人心如膜外耳。

【译文】

据安中宽说，有个人独自在山林中行走，碰上了两个人，像是书生，一边走一边吟诵诗文。一个人的怀中掉下一本书，被赶路人拾起。书中的文字十分拙笨，撇捺都不太齐全，仅仅能让人辨认。其中有符箓、药方、家用春联，显得纷乱混杂，毫无头绪，还夹杂着经书、古文、诗词等。没等赶路人看完，那两个人急忙追上来把书夺去，转眼就不见了。赶路人怀疑他们是狐仙。忽然有一张纸条飘落到草丛里，等那两个人走远后，他才拣起来，上面写着："《诗经》中的'於'字都读作'乌'，《易经》中的'佛'字左边没有点。"

我认为这是借此讽刺那些才疏学浅而又喜欢谈论学问的人。然而能在这方面用心，岂不胜过只知饮酒赌博、拈花惹草的人！假如这些人都能受到称赞和勉励，那么其中有些人一定会学有所成。鄙视他们，斥责他们，嘲笑他们，是没有想到圣人是如何对待互乡、阙党两个小童子的。那些道学家过于高傲，让人甘心自暴自弃，而自己却只顾沽名钓誉，把世道人心看做是与己无关的事。

张一科

【原文】

张一科，忘其何地人。携妻就食塞外，佣于西商。西商昵其妻，挥金如土，不数载资尽归一科，反寄食其家。妻厌薄之，诟谇使去。一科曰："微是人，无此日，负之不祥。"坚不可。妻一日持梃逐西商，一科怒詈。妻亦反詈曰："彼非爱我，昵我色也；我亦非爱彼，利彼财也。以财博色，色已得矣，我原无所负于彼；以色博财，财不继矣，彼亦不能责于我。此而不遣，留之何为？"一科益愤，竟抽刃杀之。先以百金赠西商，而后自首就狱。

又一人忘其姓名，亦携妻出塞。妻病卒，困不能归，且行乞。忽有西商招至肆，赠五十金。怪其太厚，固诘其由。西商密语曰："我与尔妇最相昵，尔不知也。尔妇垂殁，私以尔托我。我不忍负于死者，故资尔归里。"此人怒掷于地，竟格斗至讼庭。二事相去不一月。

相国温公，时镇乌鲁木齐。一日，宴僚佐于秀野亭，座间论及。前竹山令陈题桥曰："一不以贫富易交，一不以死生负约，是虽小人，皆古道可风也。"

公颦蹙曰："古道诚然。然张一种曷可风耶？"后杀妻者拟抵，而谳语甚轻；赠金者拟杖，而不云枷示。公沉思良久，慨然曰："皆非法也。然人情之薄久矣，有司如是上，即如是可也。"

【译文】

张一科，我忘记他是哪里人了。他带着妻子到塞外谋生，被一个商人雇用。商人喜爱张一科的妻子，为她挥金如土，没几年钱财全都落到张一科手中，商人反倒在张家借住讨吃。张妻厌恶商人，喝骂他并要赶他走。一科说："没有这个人，我们不会有今天，背弃人家恐怕不吉利。"他坚持不让赶走商人。一天，张妻抄起一根棍子赶商人走，一科怒骂妻子。妻子还嘴骂道："他并不爱我，而是喜爱我的美色。我也不喜欢他，不过是喜欢他的钱财。他用钱财换取美色，美色得到了，我就不亏欠他什么了；我用色相换取钱财，而钱财没了，他也不能责怪我。不让他走，留下又有什么用？"一科更加愤怒，竟然拔刀杀了妻子。他先赠送商人一百两银子，然后自首去了。

又有一个人，忘记他的姓名了，也是带着妻子来到塞外。妻子病死后，他因贫困无法返回家乡，只好讨饭为生。忽然有个商人把他招到店铺，赠给他五十两银子。他惊讶馈赠太重，追问其中的缘由。商人悄悄说："我和你的妻子最为亲爱，你不知道。你妻子临死时，私下把你托付给我。我不忍心对不起死者，因此资助你回归故里。"这人听后把钱愤怒地摔到地上，和商人厮打起来，一直打到了公庭上。这两件事相距不到一个月。

相国温公，当时镇守乌鲁木齐。一天，他在秀野亭宴请部下，席间谈论到这两桩案子。前竹山县令陈题桥说："一个不因为贫富变化而改变交情，一个不因为生死变化而背弃约定。他们虽然都是小人，但行事却合于古道，可用以教化。"温公紧皱着眉头说："古道确实如此。但张一科怎么能用来教化呢？"后来判定杀死妻子的人抵命，但判词却很轻；赠送黄金的人杖刑，却不被枷示众。温公沉思了很久，感慨地说："这都不合乎刑法。但人情淡薄很久了，如果主管部门这样呈报上来，就这么办好了。"

御下过严

【原文】

某侍郎夫人卒，盖棺以后，方陈祭祀，忽一白鸽飞入帏，寻视无睹。俶扰间，烟焰自棺中涌出，连甍累栋，顷刻并焚。闻其生时，御下严，凡买女奴，成券入门后，必引使长跪，先告戒数百语，谓之教导。教导后，即褫衣反接，挞百鞭，谓之试刑。或转侧，或呼号，挞弥甚。挞至不言不动，格格然如击木石，始谓之知畏，然后驱使。安州陈宗伯夫人，先太夫人姨也，曾至其家，常曰其童仆婢媪，行列进退，虽大将练兵，无如是之整齐也。

又余常至一亲串家，丈人行也，入其内室，见门左右悬二鞭，穗皆有血迹，柄皆光泽可鉴。闻其每将就寝，诸婢一一缚于凳，然后覆之以衾，防其私遁或自戕也。后死时，两股疽溃露骨，一若杖痕。

【译文】

某侍郎的夫人死了，盖上棺盖以后，正在陈设祭品，忽然一只白鸽飞进了帏帐中，找了一阵，却没见白鸽的影子。正在忙乱的时候，浓烟火焰从棺材里喷涌而出，一排房屋，顷刻之间都被焚为灰烬了。听说这位夫人在世时对下人管理极严，凡是买进来的女奴，立下字据领进家门之后，就让她们直身而跪，先告诫家规、礼法几百条，这称作“教导”；教导之后，便剥下女奴的衣服，反绑双手，抽打一百鞭子，叫做“试刑”。要是躲闪或号叫的话，鞭打得就更加凶狠，一直打到不喊不动，鞭子像抽打在树木或石头上，这才算做懂得了敬畏，然后才使唤她们。安州的陈宗伯夫人，是我先母的姨妈，她曾经去过侍郎家。她常常说起那家的男仆女奴，进进出出都极为规矩，即使是大将训练出来的军队，也没有那样整齐。

另外，我常到一位亲戚家串门，他是家族中的一个长辈。走进他的内室，看见门的左右悬挂着两条鞭子，鞭穗上都带有血迹，鞭杆磨得锃亮。听说他每天睡觉前，就把婢女们一个个捆在条凳上，然后把被子盖在上边，防止她们逃跑或自杀。后来这位亲戚死的时候，两条腿长满了毒疮，溃烂得露出了骨头，就好像是被棍子打的一样。

地　师

【原文】

景城之北，有横冈坡陀，形家谓余家祖茔之来龙。其地属姜氏，明末，姜氏妒余族之盛，建真武祠于上，以厌胜之。崇祯壬午兵燹，余家不绝如线。后祠渐圮，余族乃渐振，祠圮尽而复盛焉。其地今鬻于从侄信夫。时乡中故老已稀，不知旧事，误建土神祠于上，又稍稍不靖。余知之，急属信夫迁去，始安。

相地之说，或以为有，或以为无。余谓刘向校书，已列此术为一家，安得谓之全无？但地师所学必不精，义或缘以为奸利，所言尤不足据，不宜溺信之耳。若其凿然有验者，固未可诬也。

【译文】

景城的北面是一片起伏的山冈坡地，风水先生说那就是我家祖坟的主山，是龙脉的来源。那块地原属于姜家，明朝末年，姜家因为嫉妒我们纪氏家族兴盛，就在山冈上建起一座真武祠，想以此镇制纪氏家族。崇祯十五年，景城遭到战乱，我们家族像线一样延绵不绝地遭殃。后来真武祠渐渐毁坏，我们家族就逐渐兴旺起来，等到那祠堂彻底毁坏时，我们家族又再度兴盛起来。那块地现在卖给了堂侄信夫。当时家乡父老已经很少了，人们不大了解过去的情况，错把土地庙建在山冈上，结果又有些不太平了。我知道后赶忙嘱托信夫把土地庙迁走，这才又安宁下来。

关于风水的学问，有人说有，有人说没有。我认为汉人刘向校订图书时，已经把它列为众多学派中的一家，怎么能说完全没有呢？但是风水先生所学并不那么精通，还有的只想借此谋财，他们说的尤为不可信，不能一味地听信他们。至于那些确实有效验的推测，本不该妄加诬蔑。

宋遇三娶

【原文】

奴子宋遇，凡三娶。第一妻自合卺即不同榻，后竟仳离。第二妻子必孪生，恶其提携之烦，乳哺之不足，乃求药使断产。误信一王媪言，舂砺石为末服之，石结聚肠胃死。后遇病革时，口喃喃如与人辩。稍苏，私语其第三妻曰："吾出初妻时，吾父母已受人聘，约日迎娶，妻尚未知。吾先一夕引与狎，妻以为意转，欣然相就。五更尚拥被共眠，鼓吹已至，妻恨恨去。然媒氏早以未尝同寝告后夫，吾母兄亦皆云尔。及至彼，非完璧，大遭疑诟，竟郁郁卒。继妻本不肯服石，吾痛捶使咽尽。殁后惧为厉，又贿巫斩殃。今并恍惚见之，吾必不起矣。"已而果然。

又奴子王成，性乖僻。方与妻嬉笑，忽叱使伏受鞭。鞭已，仍与嬉笑。或方鞭时，忽引起与嬉笑。既而曰："可补鞭矣。"仍叱使伏受鞭。大抵一日夜中，喜怒反复者数次。妻畏之如虎，喜时不敢不强欢，怒时不敢不顺受也。一日，泣诉先太夫人，呼成问故。成跪启曰："奴不自知，亦不自由。但忽觉其可爱，忽觉其可憎耳。"先太夫人曰："此无人理，殆佛氏所谓夙冤耶？”虑其妻或轻生，并遣之去。后闻成病死，其妻竟着红衫。

夫夫为妻纲，天之经也。夫尊究不及君，亲究不及父，故妻又训齐，有敌体之义焉。则其相与，宜各得情理之平。宋遇第二妻，误杀也，罪止太悍。其第一妻，既已被出而受聘，则恩义已绝，不当更以夫妇论，直诱污他人未婚妻耳。因此致死，其取偿也宜矣。王成酷暴，然未致妇于死也。一日居其室，则一日为所天。殁不制服，反而从吉，足悖理乱常也。其受虐固无足悯焉。

【译文】

奴仆宋遇，总共三次娶妻。第一个妻子从结婚起就没有同床，后来离了。第二个妻子生孩子总是双胞胎，他讨厌带孩子的麻烦，奶水又不足，于是找药让妻子绝育。他误信一个王婆子的话，把磨刀石弄成粉末让她服下去，结果石粉在肠胃里不能消化，也死去了。后来宋遇得了重病，喃喃地像和人争辩。稍为苏醒，便悄悄对第三个妻子说：“我休弃第一个妻子时，我父母已接受了别人的聘礼，定好了日子，妻子还不知道。迎娶前的那天晚上我和她亲热，妻子以为我回心转意了，便欣然相就。五更时，还和我睡在一个被窝里，鼓乐声已响到门前，妻子恨恨而去。然而媒人已告诉她的后夫，她未曾与男人同居过，我母亲和哥哥也都这么说。到了人家，她已不是处女，遭到怀疑和谩骂，使她忧郁而死。第二个妻子本来不肯服磨石粉，我痛打并逼她吞咽下去。死后害怕她报复，又花钱买通巫婆斩殃。现在我恍恍惚惚又见到了她们，我必死无疑。”不久他果然死了。

还有个奴仆叫王成，性情怪僻。他刚刚还与妻子调情嬉笑，忽然又令她趴下受鞭打。打完仍与她嬉笑。有时正在鞭打，忽然搂起她嬉笑，随后又说要补几鞭子，仍责令她挨打。大概一天一夜中，他喜怒无常反复数次。妻子怕他像怕老虎，他高兴时不敢不强颜欢笑，发怒时不敢不顺从。一天，她哭着告诉了先太夫人。先太夫人叫王成来问是怎么回事，王成跪下说：“奴才自己不知道，不由自主。只是忽然觉得她可爱，忽然又觉得她可恨。”先太夫人说：“这毫无道理，大概就是佛门所说的上辈子结下的怨恨吧？”她担心他妻子轻生，就把他们打发走了。后来听说王成病死了，他妻子竟穿上红衣裳。

夫为妻纲是天经地义的。然而，丈夫尊贵毕竟不如皇帝，亲近毕竟不如父亲，所以“妻”字又解释作“齐”，有与丈夫平等之义。因此夫妻相处应该在情理上说得过去。宋遇第二个妻子是误杀，罪过仅仅是太暴戾。他的第一个妻子既然已被休而受聘于人，则恩义已不存在，更不当视作夫妻，这同诱奸他人的未婚妻一样。这件事使她郁郁而死，她要求偿命也是有道理的。王成残酷暴虐，然而并未致妻子于死地。他一天在屋里，就应一天把他当做丈夫。丈夫死后她不穿孝服，反而穿上红衣裳，这是违背纲常的，她受虐待根本不值得同情。

崔崇屽

【原文】

崔崇屽，汾阳人，以卖丝为业，往来于上谷、云中有年矣。一岁，折阅十余金，其曹偶有怨言。崔崇屽恚愤，以刃自剖其腹。肠出数寸，气垂绝。主人及其未死，急呼里胥与其妻至。问："有冤耶?"曰："吾拙于贸易，致亏主人资。我实自愧，故不欲生，与人无预也。其速移我返，毋以命案为人累。"主人感之，赠数十金为棺敛费，奄奄待尽而已。有医缝其肠，纳入腹中，敷药结痂，竟以渐愈。惟遗矢从刀伤处出，谷道闭矣。后贫甚，至鬻其妻。旧共卖丝者怜之，各赠以丝，俾拈线自给。渐以小康，复娶妻生子。至乾隆癸巳、甲午间，年七十乃终。其乡人刘炳为作传，曹受之侍御录以示余，因撮记其大略。

夫贩鬻丧资，常事也。以十余金而自戕，崇屽可谓轻生矣。然其本志，则以本无毫发私，而其迹有似于干没，心不能白，以死自明，其平生之自好可知矣。濒死之顷，对众告明里胥，使官府无可疑；切嘱其妻，使眷属无可讼，用心不尤忠厚欤！当死不死，有天道焉。事似异而非异也。

【译文】

崔崇屽是山西汾阳人，以卖丝为业，往来于河北、内蒙古地区有几年了。有一年亏损了十几两银子，他的伙伴偶尔会有怨言。他十分羞愤，就剖腹自杀，肠子流出几寸长，生命垂危，主人趁着他未死，急忙叫来里胥和他妻子，问他有什么冤。他说："我做买卖很笨，以致亏了主人的本。我自觉羞愧，所以不想活了，与别人没有干系。请快把我送回去，不要因人命案连累别人。"主人很感动，赠送几十两银子作为丧葬费。崔崇屽奄奄一息，只等死了。有位医生将他的肠子收回腹中，缝上伤口，敷药结痂，竟逐渐痊愈了，只是粪便从伤口处流出，排泄道已堵塞。后来他更贫困，以致卖了妻子。过去与他一起卖丝的人可怜他，都送给他丝，让他搓线自给自足，他的生活渐渐地达到了小康，又娶妻生子。到乾隆三十八九年间，年七十岁而死。他的同乡刘炳为他作传，侍御曹受之抄了来给我看，我便摘录写了这段故事。

做买卖赔钱是常事，因为十几两银子就自杀，崔崇屽可以说是太轻生了。然而从他本意来说，没有丝毫的私心，但他的形迹似乎涉嫌私吞，心里不能表白，所以用死来证明自己，可见他平生是非常自重的。临死时当众明告乡吏，使官府没有什么怀疑的；又嘱咐他的妻子，让家属不要控告别人，用心更显得忠厚。他当死却没有死，说明自有天道。事情好像奇怪，其实一点不奇怪。

节　妇

【原文】

胡太虚抚军能视鬼，云尝以葺屋巡视诸仆家，诸室皆有鬼出入，惟一室阒然。问之，曰："某所居也。"然此仆蠢蠢无寸长，其妇亦常奴耳。后此仆死，其妇竟守节终身。盖烈妇或激于一时，节妇非素有定志，必不能饮冰茹蘖数十年。其胸中正气，蓄积久矣，宜鬼之不敢近也。

又闻一视鬼者曰："人家恒有鬼往来，凡闺房媟狎，必诸鬼聚观，指点嬉笑，但人不见不闻耳。鬼或望而引避者，非他年烈妇、节妇，即孝妇、贤妇也。"与胡公所言，若重规叠矩矣。

【译文】

胡太虚巡抚能看见鬼。据说他曾因修整房屋到仆人们的住处巡查，发现各屋都有鬼进出，只有一室没有鬼。一打听，说是某仆住的屋子。然而这个仆人蠢乎乎的一无所长，他的妻子也是个很平常的女奴。后来这个仆人死了，他的妻子竟终身守节。大概烈妇往往出于一时激愤，而节妇如果不是一向有坚定的志向，肯定不能含辛茹苦几十年。她们胸中有正气，积蓄很久了，所以鬼都不敢接近她们。

又听一位见过鬼的人说："人们的家里总是有鬼来来往往，凡是在闺房里亲昵交合，必定有众鬼围观，指点嬉笑，只是人看不见听不见。鬼望而躲避的，不是以后的烈妇、节妇，就是孝妇，贤妇。"这与胡太虚所说的完全是一样的道理。

人不如狐

【原文】

刘友韩侍御言，向寓山东一友家，闻其邻女为狐媚。女父迹知其穴，百计捕得一小狐。与约曰："能舍我女，则舍尔子。"狐诺之，舍其子而狐仍至。詈其负约，则谢曰："人之相诳者多矣，而责我辈乎？"女父恨甚，使女阳劝之饮，而阴置砒焉。狐中毒，变形踉跄去。

越一夕，家中瓦砾交飞，窗扉震撼，群狐合噪来索命。女父厉声道始末，闻似一老狐语曰："悲哉！彼徒见人皆相诳，从而效尤。不知天道好还，善诳者终遇诳也。主人词直，犯之不祥，汝曹随我归矣。"语讫寂然。此狐所见，过其子远矣。

【译文】

侍御刘友韩说，他曾住在山东一位朋友家，听说他邻居的女儿被狐仙迷惑了。她父亲找到狐穴，想尽办法逮住一只小狐崽。他对狐仙说："你能放我女儿，我就放了你的小崽儿。"狐仙答应了，于是放了狐崽，而狐仙仍不放过他女儿。他大骂狐仙负约，狐仙说："人互相诳骗的事多了，你还来责怪我们？"他恨透了狐仙，让女儿劝狐仙喝酒，在酒中偷放了砒礵。狐仙中毒，现出原形逃走了。

第二天夜里，砖瓦纷飞，门窗砸得山响，群狐聚集来向这家人索命。父亲厉声说明了事情始末，就听到像是一只老狐狸说："太可悲了！它只知人互相诳骗而效仿，不知天道报应，骗人者自己也会受骗。主人有理，侵犯这样的人不吉利。你们都跟我回去吧。"说完四周便寂静无声了。这只老狐狸的见识，比它的子孙们要强得多。

溺鬼求代

【原文】

卫媪，从侄虞惇之乳母也。其夫嗜酒，恒在醉乡。一夕，键户自出，莫知所往。或言邻圃井畔有履，视之，果所著；窥之，尸亦在。众谓墙不甚短，醉人岂能逾？且投井何必脱履？咸大惑不解。询守圃者，则是日卖菜未归，惟妇携幼子宿。言夜闻墙外有二人邀客声，继又闻牵拽固留声，又訇然一声，如人自墙跃下者，则声在墙内矣。又闻延坐屋内声，则声在井畔矣。俄闻促客解履上床声，又訇然一声，遂寂无音响。此地故多鬼，不以为意，不虞此人之入井也。其溺鬼求代者乎？遂堙是井，后亦无他。

【译文】

卫老太是我堂侄虞惇的奶妈。她的丈夫嗜酒，常常喝醉。一天夜里他锁上门出去，不知到哪儿去了。有人说邻居菜园的水井旁有双鞋子，卫老太赶去一看，果然是丈夫的。探头看井里，尸体也在里面，大家认为院墙不矮，醉鬼怎么能跳得过去呢？而且投井为什么要脱掉鞋子？大家都非常疑惑，就去问看菜园的。他说那天他卖菜没有回来，只有他的妻子带着儿子在屋里睡觉。他妻子说夜里听到墙外有两个人邀请客人，随后又听到拉扯挽留客人的声音，接着砰的一声响，像有人从墙头跳下来，声音便在墙内了。又听到请客人进屋坐，这回声音就在水井旁边了。一会儿，听到催促客人脱鞋上床的声音，接着又是砰的一声响，于是就无声了。这个地方本来就经常闹鬼，她没把它当回事儿，没料到是人掉进井里。这大概是淹死鬼寻找替身吧？于是人们填了这口井，后来再没发生异常情况。

佻薄者戒

【原文】

乾隆甲子，余在河间应科试。有同学以帕幂首，云堕驴伤额也。既而有同行者知之，曰："是于中途遇少妇，靓妆独立官柳下，忽按辔问途。少妇曰：'南北驿路，车马往来，岂有迷途之患？尔直欺我孤立耳。'忽有飞瓦击之，流血被面。少妇径入秫田去，不知足人是狐是鬼也。但未见举手，而瓦忽横击，疑其非人；鬼又不应白日出，疑其狐矣。"高梅村曰："此不必深问，无论是人是鬼是狐，总之当击耳。"

又丁卯秋，闻有京官子，暮过横街东，为娼女诱入室。突其夫半夜归，胁使尽解衣履，裸无寸缕，负置门外丛冢间。京官子无计，乃号称遇鬼，有人告其家迎归。姚安公时官户部，闻之笑曰："今乃知鬼能作贼。"此均足为佻薄者戒也。

【译文】

乾隆九年我在河间府参加科考，有一个同学用手帕包着头，说是从驴背上掉下来摔伤了额头。后来和他一起来的人说出了真情："他在中途遇到一位少妇，浓妆艳抹，站在官道边的柳树下。他突然拉住缰绳向她问路。少妇说：‘南北大道往来的车马很多，怎么可能迷路呢？你不过是欺我孤身一人。’突然有块瓦打中了他，当即血流满脸。少妇却径直走进高粱地里，也不知道她是人是狐还是鬼。没见她抬手，瓦却横打过来，怀疑她不是人；鬼又不应该白天出来，估计是狐。”高梅村说：“这事不必深究。无论她是人是狐还是鬼，总之应当打他。”

乾隆二十年秋天，我听说有位京官的儿子，晚上路过横街东口，被妓女诱骗进屋。突然，她的丈夫半夜回家，胁迫他脱掉全部衣服鞋子，他赤裸裸地一丝不挂，被扛到门外的坟地里。京官的儿子没有办法，就大声叫喊，声称遇到鬼了。有人告诉他家里人，才把他接了回去。姚安公当时在户部做官，听说后笑着说：“现在才知道鬼能做盗贼。”这两件事都足以让轻薄之人引以为戒。

幕友遇害

【原文】

廉夫又言，钟太守光豫官江宁时，有幕友二人，表兄弟也。一司号籍，一司批发，恒在一室同榻寝。一夕，一人先睡，一人犹秉烛。忽见案旁一红衣女子坐，骇极，呼其一醒。拭目惊视，则非女子，乃奇形鬼也。直前相搏，二人并昏仆。次日，众怪门不启，破扉入视。其先见者已死，后见者气息仅属，灌治得活，乃具述夜来状。

鬼无故扰人，事或有之。至现形索命，则未有无故而来者。幕府宾佐，非官而操官之权，笔墨之间，动关生死。为善易，为恶亦易。是必冤谴相寻，乃有斯变，第不知所缘何事耳。

【译文】

季廉夫又说，钟光豫太守在江宁府做官时，手下有两个幕僚，是表兄弟。一个管理户籍，一个负责批送文书。两人总在一间房子里同床睡觉。一天夜里，一个先睡，另一个还在灯下做事。忽然，他看见桌旁有一位红衣女子坐着，惊骇地大声呼叫。睡着的被惊醒，擦眼一看，不是女子，而是一个奇形怪状的鬼。

鬼冲上来扑打，两个人都昏倒在地。第二天，大家奇怪门没开，就破门而入。一看，先见到鬼的那人已经死了，后见到鬼的人还有一口气。给他灌药医治后活过来，于是叙述了夜里发生的事。

鬼无故扰人，这种事时有发生。至于现形索取性命，就不是没有原因的了。幕僚不是官，却掌握着实权，笔墨文字，往往关系人的生死。做好事容易，做坏事也容易。我想这必定是冤仇寻报，才有这个变故，但不知道是因为什么事情。

游方尼

【原文】

沧州有一游方尼，即前为某夫人解说因缘者也，不许妇女至其寺，而肯至人家。虽小家以粗粝为供，亦欣然往。不劝妇女布施，惟劝之存善心，作善事。外祖雪峰张公家，一范姓仆妇，施布一匹。尼合掌谢讫，置几上片刻，仍举付此妇曰："檀越功德，佛已鉴照矣。既蒙见施，布即我布。今已九月，顷见尊姑犹单衫，谨以奉赠，为尊姑制一絮衣可乎？"仆妇踧踖无一词，惟面頳汗下。

姚安公曰："此尼乃深得佛心。"惜闺阁多传其轶事，竟无人能举其名。

【译文】

沧州有一个游方尼姑，就是前边曾为某夫人解说因缘的那位。她不许妇女们到那寺里去，却肯到人家里，即便小家小户用粗茶淡饭招待，她也高兴去。她不劝妇女们布施，只劝她们存善心，做善事。我外祖父张雪峰先生家里有一个姓范的仆妇，捐献了一匹布料。尼姑表示感谢后，把布料放在桌上片刻，又还给仆妇，说："施主的功德，佛已经知道了。既然承蒙你捐献，这布料就是我的了。现在到了九月，刚才见你婆婆还穿着单薄的衣裳，我把这布送给你，给你婆婆做一件棉衣好吗?”仆妇说不出一句话，满脸通红，汗直往下流。

先父姚安公说：“这个尼姑是真正领会了佛家的精髓。”可惜关于她的轶事在妇女间流传不少，却没人能说出她的名字。

朋友规过

【原文】

董曲江言，一儒生颇讲学，平日亦循谨无过失，然崖岸太甚，动以不情之论责人。友人于五月释服，七月欲纳妾，此生抵以书曰："终制未三月而纳妾，知其蓄志久矣。《春秋》诛心，鲁文公虽不丧娶，犹丧娶也。朋友规过之义，不敢不以告。其何以教我？"其持论大抵类此。

一日，其妇归宁，约某日返，乃先期一日，怪而诘之。曰："吾误以为月小也。"亦不为讶。次日，又一妇至，大骇愕。觅昨妇，已失所在矣。然自是日渐尪瘠，因以成痨。盖狐女假形摄其精，一夕所耗已多矣。前纳妾者闻之，亦抵以书曰："夫妇居室，不能谓之不正也；狐魅假形，亦非意料之所及也。然一夕而大损真元，非恣情纵欲不至是。无乃燕昵之私，尚有不节以礼者乎？且妖不胜德，古之训也。周、张、程、朱，不闻曾有遇魅事。而此魅公然犯函丈，无乃先生之德，尚有所不足乎？先生贤者也，责备贤者，《春秋》法也。朋友规过之义，不敢不以告。先生其何以教我？"此生得书，但力辩实无此事，里人造言而已。

宋清远先生闻之曰："此所谓以子之矛，陷子之盾。"

【译文】

据董曲江说，有位儒生很注重讲求学问，平时也循规蹈矩，没什么过失。但他性情高傲，动不动就责难别人。有个朋友在五月除了孝服，七月就想娶妾。这个儒生写信指责道："服完孝不满三个月就娶妾，可见你蓄谋已久了。《春秋》对动机追究极严，鲁文公虽说不是在守丧时婚娶，但等于在丧期婚娶。因为朋友有规劝过错的义务，所以不得不提醒你。你怎么回答我？"他的看法一般都类似于这样。

一天，他妻子回娘家，约定某一天回来，却提前一天回来了。他很奇怪地责问，妻子回答说："我记错了，还以为这月小呢。"儒生也没在意。第二天，又一个妻子回到家里，他大为惊愕，再找昨天那个，已经不见了。然而，从此他日渐瘦弱，因此得了痨病。大概狐女假冒他妻子摄取了他的精气，一晚上就耗去了很多。前面说的娶妾的那个朋友听说了此事，也给他写了封信说道："夫妻同居，不能说不正当。狐魅假托人形，也是不能意料到的。但是一夜就大伤元气，不是纵欲不至于这样吧。难道男女私情，不能以礼法来节制吗？况且妖魅不能胜过有德之人，这是古人的训教。周敦颐、张载、程颐、朱熹，没听说他们遇到妖魅。而这个狐女公然冒犯先生，莫不是先生的德行还存在不完美的地方？先生是贤人，责备圣贤是《春秋》的大旨。朋友有规劝过错的义务，因此不敢不说出我的想法。你将怎么来回答我？”儒生收到书信，极力辩解，说是乡里人造谣而已。

宋清远先生听了这件事后说：“这就是所谓以子之矛，攻子之盾。”

狼子野心

【原文】

沧州一带海滨煮盐之地，谓之灶泡。袤延数百里，并斥卤不可耕种，荒草粘天，略如塞外，故狼多窟穴于其中。捕之者掘地为阱，深数尺，广三四尺，以板覆其上，中凿圆孔如盂大，略如枷状。人蹲阱中，携犬子或豚子，击使嗥叫。狼闻声而至，必以足探孔中攫之。人即握其足立起，肩以归。狼隔一板，爪牙无所施其利也。然或遇其群行，则亦能搏噬。故见人则以喙据地嗥，众狼毕集，若号令然，亦颇为行客道途患。

有富室偶得二小狼，与家犬杂畜，亦与犬相安。稍长，亦颇驯，竟忘其为狼。一日，主人昼寝厅事，闻群犬呜呜作怒声，惊起周视，无一人。再就枕将寐，犬又如前。乃伪睡以俟，则二狼伺其未觉，将啮其喉，犬阻之不使前也。乃杀而取其革。

此事从侄虞惇言。狼子野心，信不诬哉！然野心不过遁逸耳，阳为亲昵，而阴怀不测，更不止于野心矣。兽不足道，此人何取而自贻患耶？

【译文】

沧州海滨煮盐的地方叫做灶泡。方圆几百里都是盐碱地，也不能耕种，荒草连天，有点像塞外地区，所以狼群多以此为巢穴。捉狼的人挖陷阱，有几尺深，三四尺宽，用木板覆盖在上面，中间凿一个盂一样大小的圆洞，有点像木枷的形状。人蹲在陷阱中，带着小狗或小猪，打它让它叫唤。狼听见声音，把爪子伸到圆洞里抓，人就抓住狼脚站起来，肩扛着回家。狼隔着木板，没法施展它锐利的爪牙。可有时遇到狼群，也能把人吃掉。狼见到人，就用嘴贴着地嗥叫，狼群便应声来，像听到号令一样，这因此成了来往旅客的祸害。

有一个富户偶然捉得两只小狼，和家犬一起养着，小狼和家犬也相安无事。稍微长大了，它们也很驯服，主人竟忘了它们是狼。有一天，主人白天睡在客厅里，听见狗呜呜地叫，他惊醒后四面察看，没有一个人。他躺下又睡，狗又像先前那样叫起来。他就假装睡着观察，却见两只狼趁他睡觉，要咬他的喉咙，家犬阻挡着不让上前。于是他把狼杀了，剥了它们的皮。

这件事是侄儿虞惇讲的。狼子野心，确实一点不假。但野心不过是逃跑罢了，而表面装作亲近，背地却包藏杀机，就不只是野心了。野兽本不值一提，这个人为什么要养狼而自留祸患呢？

地 仙

【原文】

王史亭编修言，有崔生者，以罪戍广东。恐携孥有意外，乃留其妻妾，只身行。到戍后，穷愁抑郁，殊不自聊。且回思少妇登楼，弥增忉怛。偶遇一叟，自云姓董，字无念。言颇契，愍其流落，延为子师，亦甚相得。一夕，宰主夜酌，楼高月满，忽动离怀，把酒倚栏，都忘酬酢。叟笑曰："君其有'云鬟玉臂'之感乎？托在契末，已早为经纪，但至否未可知，故先不奉告，旬月后当有耗耳。"

又半载，叟忽戒童婢扫治别室，意甚匆遽。顷之，则三小肩舆至，妻妾及一婢揭帘出矣。惊喜怪问，皆曰："得君信相迓，嘱随某官眷属至。急不能久待，故草草来。家事托几房几兄代治，约岁得租米，岁岁鬻金寄至矣。"问："婢何来？"曰："即某官之媵，嫡不能容，以贱价就舟中鬻得也。"生感激拜叟，至于涕零。从此完聚成家，无复故园之梦。越数月，叟谓生曰："此婢中途邂逅，患难相从，当亦是有缘。似当共侍巾栉，无独使向隅也。"

又数载，遇赦得归，生喜跃不能寐，而妻妾及婢俱惨惨有离别之色。生慰之曰："尔辈恋主人恩耶？倘不死，会有日相报耳。"皆不答，惟趣为生治装。濒行，翁治酒作饯，并呼三女出曰："今日事须明言矣。"因拱手对生曰："老夫地仙也。过去生中，与君为同官，殁后，君百计营求，归吾妻子，恒耿耿不忘。今君别鹤离鸾，自合为君料理。但山川绵邈，二孱弱女子何以能来？因摄召花妖，俾先至君家中半年，窥尊室容貌语言，摹拟俱似，并刺知家中旧事，使君有证不疑。渠本三姊妹，故多增一婢耳。渠皆幻相，君勿复思。到家相对旧人，仍与此间无异矣。"生请与三女俱归，叟曰："鬼神各有地界，可暂出不可久越也。"三女握手作别，洒泪沾衣，俯仰间已俱不见。登舟时，遥见立岸上，招之不至矣。

归后，妻子具言家日落，赖君岁岁寄金来，得活至今。盖亦此叟所为也。

使世间离别人皆逢此叟，则无复牛女银河之恨矣。史亭曰："信然。然粤东有地仙，他处亦必有地仙；董叟有此术，他仙亦必有此术。所以无人再逢者，当由过去生中，原未受恩，故不肯竭尽心力，缩地补天耳。"

【译文】

据翰林院编修王史亭说，崔某因犯罪发配到广东，他担心携带家眷会发生意外，就把妻妾留在家中，一人前往。到了发配地后，贫穷忧郁不能排解，常常回忆过去那种"少妇登楼"的情景，更增添了无限忧愁。他偶然遇到一位老人，自称姓董，字无念。两人很谈得来。老人同情他的遭遇，便请他担任儿子的老师，师生之间也很融洽。一天晚上，两人对酌，面对高楼满月的景色，崔某心中顿生离愁别绪，便手持酒杯，靠着栏杆，忘了身边还有别人。老人笑着说："您是怀念家人了吧？我是你的朋友，早已为您安排了，但不知什么时候到，所以没告诉您。再过十天半月，就会有信了。"

过了半年，老人让童仆婢女打扫出一间房子，看样子非常匆忙。过不一会儿，就有三乘小轿来到，崔某的妻妾和一个婢女挑起帘子走了出来。崔生惊喜万分，问怎么来的。她们说收到郎君的书信，嘱咐我们随同某位官员的眷属来。因那官员不能久等，所以我们急急忙忙就来了。家里的事托给第几房的第几兄代为管理，约定每年收取租米，卖了钱给我们寄来。崔某问："婢女是哪里来的？"妻妾说："是那位官员的小妾，夫人不能容她，我们就用便宜价钱在船中买了下来。"崔生感激地拜谢老人，流下了泪。从这以后，崔某不再想念故园家乡了。过了几个月，老人对崔某说："这个婢女是中途偶然遇到的，一路患难与共相随到这儿，也是和你有缘，似乎应该像妻妾一样陪你安寝，不要撇下她不管。"

又过了几年，崔某遇到赦免，可以回去了。他高兴得睡不着觉，但是妻妾婢女却凄惨悲伤，好像要离别的神色。崔某安慰她们说："你们是感念主人对我们的恩情吧？假如不死，会有报答他的一天。"妻妾们都不答话，只是忙着给他整理行装。临出发时，老人办了酒席给他饯行，同时把三个女子叫出来说："今天必须把事情讲清楚了。"于是拱手对崔某说："我是地仙，前生和您一同做官。我死后，你千方百计把我妻子送回家乡，我一直不能忘记。现在您离别故乡亲人，我自然应该为您办些事情。但山高路远，两个孱弱的女子，怎能前来？因此我摄来花妖，先让她们到您家里去住半年，观察尊夫人的容貌和说话的习惯，模仿得差不多，并了解家中旧事，使您不生疑心。她们本是姊妹三个，所以增加了一个婢女。她们的形象都是变幻的，您不要再思念了。回家见妻妾，和在这里所见不会有区别。"崔生请求三个女子同他一起回乡。老人说："鬼神各有地界，暂时离开可以，但不能长期不归。"三个女子握手话别，泪湿衣裳，忽然间都不见了。上船时，他远远望见她们站在河岸上，招呼她们也不过来。

回到家后，妻子说家境一天天衰落，依靠郎君年年寄钱回家，才得以活到现在。原来这也全是那老人做的。

假使世间离别的人都能遇到这个老人，就不再有牛郎、织女离别之恨了。王史亭说："这话不错。然而广东有地仙，别的地方也必定有；董老能有这种法术，别的地仙也必定有这种法术。之所以再也没有人遇到这种事，可能是前生没有得到恩惠，所以地仙不愿施展缩地补天的神术相报。"

争礼数

【原文】

冯御史静山家，一仆忽发狂自挝，口作谵语云："我虽落拓以死，究是衣冠。何物小人，傲不避路？今惩尔使知。"静山自往视之，曰："君白昼现形耶？幽明异路，恐于理不宜。君隐形耶？则君能见此辈，此辈不能见君，又何从而相避？"其仆俄如昏睡，稍顷而醒，则已复常矣。

门人桐城耿守愚，狷介自好，而喜与人争礼数。余尝与论此事，曰："儒者每盛气凌轹，以邀人敬，谓之自重。不知重与不重，视所自为。苟道德无愧于圣贤，虽王侯拥篲不能荣，虽胥靡版筑不能辱。可贵者在我，则在外者不足计耳。如必以在外为重轻，是待人敬我我乃荣，人不敬我我即辱。舆台仆妾，皆可操我之荣辱，毋乃自视太轻欤？"守愚曰："公生长富贵，故持论如斯。寒士不贫贱骄人，则崖岸不立，益为人所贱矣。"余曰："此田子方之言，朱子已驳之。其为客气不待辨，即就其说而论，亦谓道德本重，不以贫贱而自屈，非毫无道德，但贫贱即可骄人也。信如君言，则乞丐较君为更贫，奴隶较君为更贱，群起而骄君，君亦谓之能立品乎？先师陈白崖先生，尝手题一联于书室曰：‘事能知足心常惬，人到无求品自高。’斯真探本之论，七字可以千古矣。”

【译文】

冯静山御史家里有一个仆人，一天忽然发狂，自己打自己的嘴巴，口说胡话道：“我虽然落寞而死，毕竟是个绅士。哪来的小人，敢狂傲地不让路？现在要惩罚你，叫你知道厉害。”冯静山去看他，说：“你这是大白天现形么？阴阳是两个世界，这恐怕于理说不通。你隐着形，能看见我的仆人，仆人却看不见你，又怎能给你让路？”一会儿仆人像是昏睡，不久醒来，又正常了。

我的门人桐城人耿守愚，性情耿直，洁身自好，却爱和人争论礼仪。我曾和他谈及此事，说：“儒者常常盛气凌人，想以这种方法来求得别人的尊重，说这就叫自重。他们不知道别人对他尊重与否，要看他做得怎样。如果德行无愧于圣贤，即使王侯亲自扫路迎接他，也不能使他荣耀；像罪犯一样去筑墙，也不能让他受辱。可贵的是自己怎样，外在的东西是不值得去计较的。如果一定要以外在的东西来衡量轻重，这就是说，别人敬重我，我才荣耀，别人不敬重我，我就受辱。那么舆、台、仆、妾都可以操纵我的荣辱，这不是把自己看得太轻了么？”耿守愚说：“先生生长在富贵人家，所以有这种看法。贫寒之士不以自己的贫贱自傲，就不能显示自尊和清高，就更被人轻视了。”我说：“这是田子方的话，朱熹已经驳斥过。这种观点不过是要面子的话。就以这种看法而论，也是说德行是根本，不因贫贱而自轻。并不是说不要德行，只要贫贱就可以自傲。如果真像你说的，那么乞丐比你更穷，奴隶比你更贱，他们都来傲视你，你也认为他们能够自尊自重么？我的老师陈白崖先生，曾写了一副对联挂在书房，对联道：‘事能知足心常惬，人到无求品自高。’这对联真是说到了根本上，可以流传千古。”

野　人

【原文】

乌鲁木齐遣犯刚朝荣言，有二人诣西藏贸易，各乘一骡，山行失路，不辨东西。忽十余人自悬崖跃下，疑为夹坝。渐近，则长皆七八尺，身毵毵有毛，或黄或绿，面目似人非人，语啁哳不可辨。知为妖魅，度必死，皆战栗伏地。十余人乃相向而笑，无搏噬之状，惟夹人于胁下，而驱其骡行。至一山坳，置人于地，二骡一推堕坎中，一抽刃屠割，吹火燔熟，环坐吞啖。亦提二人就坐，各置肉于前。察其似无恶意，方饥困，亦姑食之。既饱之后，十余人皆扪腹仰啸，声类马嘶。中二人仍各夹一人，飞越峻岭三四重，捷如猿鸟，送至官路旁，各予以一石，瞥然竟去。石巨如瓜，皆绿松也。携归货之，得价倍于所丧。

事在乙酉、丙戌间，朝荣曾见其一人，言之甚悉。此未知为山精，为木魅，观其行事，似非妖物。殆幽岩穹谷之中，自有此一种野人，从古未与世通耳。

【译文】

乌鲁木齐的充军犯刚朝荣说，有两人到西藏做生意，各骑着一头骡子，在山中迷了路，分不清东西南北。忽然有十多人从悬崖上跳下来，他们以为遇上了劫盗，近前一看，这些人都身高七八尺，浑身长着黄色或绿色的毛，容貌似人非人，说话像鸟叫，听不懂。两人知道遇上了妖怪，以为必死无疑，便颤抖着趴在地上。这十多人却相视而笑，并没有把这两人抓来活吃的意思，只是把他们夹在腋下，赶着骡子走。到了一个山坳，把人放在地上，把一头骡子推入坑中，拔刀杀了另一头，点火烧熟，围坐着大吃起来。他们把两人拎来就座，在面前放上肉。这两人看他们好像没有恶意，正饿得慌，便吃起来。吃饱之后，这十多人拍着肚子仰头长啸，声音像马嘶。其中的两个仍各夹着一个人，攀越了三四道峻岭，敏捷得像猿猴飞鸟。他们把两人送上大道后，各赠了一个石头，转眼便不见了。这石头像瓜那么大，是绿松石。两人回来卖掉了绿松石，所得的钱比他们所受损失多一倍。

这事发生在乾隆三十、三十一年间。刚朝荣曾见过其中一人，说得很详细。不知这是山精还是木魅，看他们的作为，好像不是妖怪。可能在崇山幽谷之中本来就有这么一种野人，自古以来就与世隔绝吧。

杨勤悫公

【原文】

裘超然编修言，杨勤悫公年幼时，往来乡塾，有绿衫女子时乘墙缺窥之。或偶避入，亦必回眸一笑，若与目成。公始终不侧视。一日，拾块掷公曰："如此妍皮，乃裹痴骨！"公拱手对曰："钻穴逾墙，实所不解。别觅不痴者何如？"女子忽瞠目直视曰："汝狡黠如是，安能从尔索命乎？且待来生耳。"散发吐舌而去，自此不复见矣。此足见立心端正，虽冤鬼亦无如何。又足见一代名臣，在童稚之年，已自树立如此也。

【译文】

据裘超然编修说，杨勤悫公小时候来往于私塾，常见一个绿衫女子在墙缺口偷看他。有时偶尔避开，也回眸一笑，好似送情。杨勤悫公始终目不斜视。有一天，绿衫女用土块掷杨勤悫公说："这么漂亮的外表，却裹着一副傻骨头。"杨勤悫公拱手答道："翻墙钻洞之事我不会，你另找不傻的怎样？"绿衫女怒目而视说："你这么狡黠，怎能索得你的命？且等下辈子吧。"说罢化作一个披发吐舌的鬼离去了，从此再没出现。可见立心端正之人，冤鬼也无可奈何。又可见一代名臣在小时候就能有如此高的志向。

李　生

【原文】

太白诗曰："徘徊映歌扇，似月云中见；相见不相亲，不如不相见。"此为冶游言也。人家夫妇有睽离阻隔，而日日相见者，则不知是何因果矣。

郭石洲言，中州有李生者，娶妇旬余而母病，夫妇更番守侍，衣不解结者七八月。母殁后，谨守礼法，三载不内宿。后贫甚，同依外家。外家亦仅仅温饱，屋宇无多，扫一室留居。未匝月，外姑之弟远就馆，送母来依姊。无室可容，乃以母与女共一室，而李生别榻书斋，仅早晚同案食耳。

阅两载，李生入京规进取，外舅亦携家就幕江西。后得信，云妇已卒。李生意气懊丧，益落拓不自存，仍附舟南下觅外舅。外舅已别易主人，随往他所，无所栖托，姑卖字糊口。

一日，市中遇雄伟丈夫，取视其字，曰："君书大好，能一岁三四十金，为人书记乎？"李生喜出望外，即同登舟。烟水渺茫，不知何处。至家，供张亦甚盛。及观所属笔札，则绿林豪客也。无可如何，姑且依止。虑有后患，因诡易里籍姓名。

主人性豪侈，声伎满前，不甚避客。每张乐，必召李生。偶见一姬，酷肖其妇，疑为鬼，姬亦时时目李生，似曾相识。然彼此不敢通一语。盖其外舅江行，适为此盗所劫，见妇有姿首，并掠以去。外舅以为大辱，急市薄槥，诡言女中伤死，伪为哭敛，载以归。妇惮死失身，已充盗后房，故于是相遇。然李生信妇已死，妇又不知李生改姓名，疑为貌似，故两相失。大抵三五日必一见，见惯亦不复相目矣。

如是六七年，一日，主人呼李生曰："吾事且败，君文士，不必与此难。此黄金五十两，君可怀之，藏某处丛荻间。候兵退，速觅渔舟返。此地人皆识君，不虑其不相送也。"语讫，挥手使急去伏匿。未几，闻哄然格斗声。既而闻传呼曰："盗已全队扬帆去，且籍其金帛妇女。"时已曛黑，火光中窥见诸乐伎皆披发肉袒，反接系颈，以鞭杖驱之行。此姬亦在内，惊怖战栗，使人心恻。

明日，岛上无一人，痴立水次。良久，忽一人棹小舟呼曰："某先生耶？大王故无恙，且送先生返。"行一日夜，至岸，惧遭物色，乃怀金北归。

至则外舅已先返，仍住其家，货所携，渐丰裕。念夫妇至相爱，而结褵十载，始终无一月共枕席。今物力稍充，不忍终以薄槥葬，拟易佳木；且欲一睹其遗骨，亦夙昔之情。外舅力沮不能止，词穷吐实。急兼程至豫章，冀合乐昌之镜。则所俘乐伎，分赏已久，不知流落何所矣。每回忆六七年中，咫尺千里，辄惘然如失。又回忆被俘时，缧绁鞭笞之状，不知以后摧折，更复若何，又辄肠断也。从此不娶，闻后竟为僧。

戈芥舟前辈曰："此事竟可作传奇，惜末无结束，与《桃花扇》相等。虽曲终不见，江上峰青，绵邈含情，正在烟波不尽，究未免增人怊怅耳。"

【译文】

李白有诗道："徘徊映歌扇，似月云中见；相见不相亲，不如不相见。"这是为狎妓而作的诗。世上还真有不能亲热，却天天相见的夫妇，不知这是什么因果报应。

据郭石洲说，中州有位李某，娶妻才十多天，母亲便病了。两人轮番守护，有七八个月衣不解带。母亲死后，两人严守礼法，三年之内不同床。后来穷得不行了，两人投奔到岳父家。岳父家也只能温饱，没有多余的房子，打扫出一间屋子给他们住。不到一个月，李某岳母的弟弟到远处去设馆教书，把母亲送来投靠姐姐。没有房子可住，李某的妻子便和她同住一个屋，李某则睡在书房里。夫妻两人只是早晚在一起吃吃饭。

过了两年，李某进京求功名，他岳父也带着家眷到江西去当幕僚。后来李某收到一封信，说妻子已去世。李某灰心丧气，越发落魄，便搭船南下去找岳父。这时岳父已换了主人，到别处去了。李某无依无靠，姑且以卖字为生。

有一天在市上遇见一位身材高大魁伟的人，看了他的字，说："你的字真不错，一年给你三四十两银子，请你当书记，你干吗?”李某喜出望外，便一起上船。一路烟波浩渺，到了他家，场面很大。等看了要写的文书，才知道主人是个绿林侠客。他无可奈何，只好暂且住下来。他怕以后遭祸，因此改了籍贯和姓名。

主人性情豪爽，养了许多歌姬舞女，也不大避客人。每次宴乐，必召李某来。他偶然见到一个侍女酷似自己的妻子，便怀疑是鬼。而那位侍女也不时看李某，似曾相识一样。但彼此都不敢说一句话。原来李某的岳父乘船时被这个绿林客劫住，他看李妻有姿色，便一并掳掠而去。岳父认为这是奇耻大辱，便买来一个薄棺，谎称女儿死了，假装哭着装敛完毕，载空棺回去了。李妻怕死因而失身，已充任劫盗的姬妾，所以在此相遇。然而李某相信妻子已死，而他的妻子又不知道他已改了姓名，以为此人不过与丈夫长得像，双方都想不到。他们大约三五天必定要见一面，见惯了也就不再注意了。

就这样过了六七年，有一天主人对李来说：“我的事要败露了，你是文人，不必遭这场难。这是黄金五十两，你可拿去，藏在某处芦苇间。等官兵退了，你赶紧找条渔船回去。这儿的人都认识你，他们会送你。”说完便打发他速去躲藏。不久，便听到格斗声。过了一会儿听到有人说：“盗贼都逃了，把财物、妇女登记一下。”当时天已黑了，他在火光中瞧见那些歌姬舞女都披头散发、敞胸露怀地反绑着，被鞭子赶着走，那位侍女也在其中，吓得浑身颤抖，使人痛心。

第二天，岛上一个人也没有了。李某呆立在岸边，过了好久，有一个人棹着小船叫道："是某某先生么？大王平安无声，我来送先生回去。"他上船走了一昼夜，上了岸，他怕被认出逮住，便带着银子北上回家。

这时他岳父已先一步到家，李某便仍住岳父家。卖掉了金子，生活渐渐好起来。他念及夫妻相爱，而结婚十年，在一起同床共枕还不到一个月。如今财力渐厚，不忍心用薄棺葬着妻子，打算换一副好木料，并且看一眼妻子的遗骨，也算是夫妻一场。岳父力阻无效，只好说了实话。李某日夜兼程到了豫章，期望破镜重圆。然而被捉来的歌姬舞女都分赏给官兵了。不知她流落到什么地方去了。李某回忆起这六七年中两人近在眼前，却似相隔千里，便怅惘如有所失。又想起妻子被俘时，遭捆绑挨鞭打的样子，更不知后来还受些什么苦，不禁哀伤肠断。李某从此没有再娶，听说后来竟削发为僧。

戈芥舟老先生说："这事可以写一篇传奇，可惜没有个好结尾，和《桃花扇》差不多，有'曲终人不见，江上数峰青'的缠绵之情。正因为江上烟波弥漫，才给人增添了无限惆怅。"

紫　桃

【原文】

金可亭言，有赵公者，官监司。晚岁家居，得一婢曰紫桃，宠专房，他姬莫当夕。紫桃亦婉娈善奉事，呼之必在侧，百不一失。赵公固聪察，疑有异，于枕畔固诘。紫桃自承为狐，然夙缘当侍公，与公无害。昵爱久，亦弗言。家有园亭，一日立两室间，呼紫桃，则两室各一紫桃出。乃大骇，紫桃谢曰："妾分形也。"

偶春日策杖郊外，逢道士与语，甚有理致，情颇洽。问所自来，曰："为公来。公本谪仙，限满当归三岛。今金丹已为狐所盗，不可复归。再不治，虑寿限亦减。仆，公旧侣，故来视公。"赵公心知紫桃事，邀同归。

道士踞坐厅事，索笔书一符，曼声长啸。邸中纷纷扰扰，有数十紫桃，容色衣饰，无毫发差，跪庭院皆满。道士呼真紫桃出，众相顾曰："无真也。"又呼最先紫桃出，一女叩额曰："婢子是。"道士叱曰："尔盗赵公丹已非，又呼朋引类，务败其道，何也？"女对曰："是有二故。赵公前生，炼精四五百年，元关坚固，非更番迭取不能得。然赵公非碌碌者，见众美遝进，必觉为蛊惑，断不肯纳。故终始共幻一形，匿其迹也。今事已露，愿散去。”

道士挥手令出，顾赵公太息曰：“小人献媚旅进，君子弗受也。一小人伺君子之隙，投其所尚，众小人从而阴佐之，则君子弗觉矣。《易·姤卦》之初六，一阴始生，其象为系于金柅。柅以止车，示当止也。不止则覆霜之初，即坚冰之渐，浸假而《剥卦》六五至矣。今日之事，是之谓乎？然苟无其隙，虽小人不能伺；苟无所好，虽小人不能投。千里之堤，溃于蚁漏，有罅故也。公先误涉旁门，欲讲容成之术；既而耽玩艳冶，失其初心。嗜欲日深，故妖物乘之而麇集。衅因自起，于彼何尤？此始此终，固亦其理。驱之而不谴，盖以是耳。吾来稍晚，于公事已无益。然从此摄心清静，犹不失作九十翁。”再三珍重，瞥然而去。赵公后果寿八十余。

【译文】

据金可亭说，有一个赵公任职监司，晚年辞官在家。有一个婢女叫紫桃，很得赵公宠爱，晚上其他姬女都没份。紫桃温婉妩媚懂事，一叫必在身边，从无差错。赵公明察，怀疑不大对头，在枕畔再三追问，紫桃才承认自己是狐狸，不过与赵公有缘分，对赵公并无害处，赵公宠爱她已久，也不追究了。赵家花园有个亭子，一天，赵公站在两个屋子之间喊紫桃，只见两间屋子各出来一个紫桃。赵公大惊。紫桃道歉说："这是我在分身。"

一个春日，赵公去郊外，遇见一道士，闲谈起来，很是投缘融洽。赵公问他到此有什么事，道士说："我为你来的。你本来是被贬下凡的仙人，限期一满，你就会重返三岛。如今金丹已被狐狸偷去，你再不能回去了。如果还不镇治，恐怕寿命也得减少。我是你的老友，所以来看你。"赵公心知是紫桃的事，便邀请道士一起回家。

道士大模大样地坐在大厅上，要纸笔画了一道符，拉长声音长啸。宅中一时纷纷扰扰，有几十个紫桃，长相衣饰都毫无差别，一起跪在庭院里，几乎占满了庭院。道士喊真紫桃出来，紫桃们相互看看，说："没有真的。"道士又喊最早的紫桃出来，其中一个叩头说："婢子是。"道士斥责道："你偷赵公的金丹，已是罪过，又呼朋唤友来，非得要败坏他的道行，为什么？"婢女回答："有两个原因。赵公前生已炼精四五百年，元关坚固，如果不轮番摄取，是得不到金丹的。然而赵公不是糊涂的人，见许多美女联翩而至，必会察觉是来蛊惑他的，他就决不会接纳了。所以我们始终化作一个人，隐藏了本来面目。如今事已败露，我们愿意离去。"

道士挥手叫她们走，然后看着赵公叹息道："小人一起来献媚，君子不会接受。一个小人抓住君子的短处投其所好，其他小人从而暗中辅助，那么君子就觉察不到了。《易》中姤卦初六的卦形为一阴始生，它的'象'是'系于金柅'。柅是用来停车的，表示应当停止。不停止就踩上了霜，就是踏上坚冰的第一步。渐渐地剥卦六五就来了。今天这件事，就是这样的吧。如果没有机会，小人无机可乘；如果无所好，小人也就无所投了。千里之堤溃于蚁穴，是因为有了缝隙。你先误入旁门左道，要学容成公的法术。之后又沉溺美色，这就违背了初衷。欲望越来越多，所以妖物乘机蜂拥而来。这是你自找的，狐狸有什么错？这事就是这么个理。我赶走它们而不加惩罚，也是这个原因。我来得晚了些，对你的事无所帮助了。但是你从此收回心来，清静修养，还能当一个九十岁的老翁。”道士叮嘱再三，飘然而去。赵公后来果然活了八十多岁。

情　理

【原文】

天下事，情理而已，然情理有时而互妨。里有姑虐其养媳者，惨酷无人理。逋归母家，母怜而匿别所，诡云未见，因涉讼。姑以朱老与比邻，当见其来往，引为证。朱私念言女已归，则驱人就死；言女未归，则助人离婚。疑不能决，乞签于神。举筒屡摇，签不出。奋力再摇，签乃全出。是神亦不能决也。辛彤甫先生闻之曰："神殊愦愦。十岁幼女，而日日加炮烙，恩义绝矣，听其逃死不为过。"

【译文】

天下之事，无非情理二字。然而有时情与理互相冲突。我家乡有个婆婆虐待童养媳，惨无人道。童养媳逃回了娘家，母亲可怜她，把她藏到别处，谎称没见女儿，于是两家打起了官司。婆婆以朱老和童养媳家是邻居，应该见到童养媳来往，因此请他作证。朱老私下里想，说童养媳回来了，等于把人往死里推；说她没回来，等于帮人离婚。因此犹豫不决，就到神庙去求签。他举着签筒摇了几次，怎么摇也不出签。用力再摇，又全被摇出来了。可见神也判不了这事。辛彤甫先生听了说："神也太糊涂了。十岁幼女，天天受炮烙酷刑，恩义早已断绝，让她逃命没有错。"

假面人

【原文】

董曲江前辈言，有讲学者，性乖僻，好以苛礼绳生徒。生徒苦之，然其人颇负端方名，不能诋其非也。塾后有小圃，一夕，散步月下，见花间隐隐有人影。时积雨初晴，土垣微圮，疑为邻里窃蔬者。迫而诘之，则一丽人匿树后，跪答曰："身是狐女，畏公正人，不敢近，故夜来折花。不虞为公所见，乞曲恕。"言词柔婉，顾盼间百媚俱生。讲学者惑之，挑与语。宛转相就，且云妾能隐形，往来无迹，即有人在侧，亦不睹，不至为生徒知也。因相燕昵。比天欲晓，讲学者促之行。曰："外有人声，我自能从窗隙去，公无虑。"俄晓日满窗，执经者麕至，女仍垂帐偃卧。讲学者心摇摇，然尚冀人不见。忽外言某媪来迓女，女披衣径出，坐皋比上，理鬓讫，敛衽谢曰："未携妆具，且归梳沐。暇日再来访，索昨夕缠头锦耳。"乃里中新来角妓，诸生徒贿使为此也。讲学者大沮，生徒课毕归早餐，已自负衣装遁矣。外有余必中不足，岂不信乎？

【译文】

董曲江老先生说，有个道学家性格乖僻，好以苛刻的礼法来约束学生。学生们很讨厌他，但他一向有君子的名声，所以不能说什么坏话。学塾后面有个小园，一天晚上，道学家在月下散步，看见花丛中隐约有人影。当时久雨初晴，土墙淋坏了，他怀疑是邻里来偷菜的，便追上去质问，却是一个美人藏在树后，跪着回答："我是狐女，害怕你是个正人君子，不敢靠近，所以夜里来折花。不料被先生看见了，请饶恕我。"她言词柔婉，风情万种。道学家被迷住了，用话挑逗她，她便投向道学家怀中。她还说能隐形，来往无踪迹，即使旁边有人也看不见，不至于让学生们知道了。于是两人缠绵起来。到快天亮时，道学家催她走。她说："外面有人声，我能从窗缝里出去，你不必担心。"不一会儿，朝阳满窗，学生们拿着经书都来了，狐女仍然放下帐子躺在床上。道学家心神不安，但还期望别人看不见。忽然听外面说某老妈子来接女儿来了，狐女披上衣服径直出来，坐在讲座上，理了一下头发，整了整衣襟，致歉说："我没带梳妆用具，暂回去梳洗，有时间再来索取酬金。"原来她是附近新来的艺妓，几个学生买通了她演出了这场戏。道学家十分沮丧，乘学生们听完课回去吃早餐，自己背着行李逃走了。外表装得过分正经，心中必然有鬼，这话难道不可信吗？

复　仇

【原文】

周景垣前辈言，有巨室眷属，连舻之任，晚泊大江中。俄一大舰来同泊，门灯樯帜，亦官舫也。日欲没时，舱中二十余人露刃跃过，尽驱妇女出舱外。有靓妆女子隔窗指一少妇曰："此即是矣。"群盗应声曳之去。一盗大呼曰："我即尔家某婢父。尔女酷虐我女，鞭棰炮烙无人理。幸逃出遇我，尔追捕未获。衔冤次骨，今来复仇也。"言讫，扬帆顺流去，斯须灭影。缉寻无迹，女竟不知其所终，然情状可想矣。夫贫至鬻女，岂复有所能为？而不虑其能为盗也。婢受惨毒，岂复能报？而不虑其父能为盗也。此所谓蜂虿有毒欤！

又李受公言，杇御婢残忍者，偶以小过闭空房，冻饿死。然无伤痕，其父讼不得直，反受笞。冤愤莫释，夜逾垣入，并其母女手刃之。海捕多年，竟终漏网。是不为盗亦能报矣。

又言，永师某家火，夫妇子女并焚，亦群婢怨毒之所为。事无显证，遂无可追求。是不必有父亦自能报矣。

余有亲串，鞭笞婢妾，嬉笑如儿戏，间有死者。一夕，有黑气如车轮，自檐堕下，旋转如风，啾啾然有声，直入内室而隐。次日，疽发于项如粟颗，渐以四溃，首断如斩。是人所不能报，鬼亦报之矣。

人之爱子，谁不如我？其强者衔冤茹痛，郁结莫申，一决横流，势所必至。其弱者横遭荼毒，赍恨黄泉，哀感三灵，岂无神理！不有人祸，必有天刑，固亦理之自然耳。

【译文】

周景垣老人家说，有位世家大族携家属乘船去上任，晚上停泊在江上。随后也驶来一艘大船，同他的船泊在一起。那船门上挂着灯笼，桅杆上飘着旗帜，看起来也是只官船。太阳要下山时，那船上有二十多个人手持兵器跳过船来，把妇女统统赶出船舱。对面船上有个浓妆艳抹的女子隔着窗户指着其中一位少妇说："就是她。"于是强盗们就抢走了这位少妇。其中一个高声叫道："我就是你家某婢女的父亲，你家女儿虐待我的女儿，鞭打炮烙，惨无人道。幸亏她逃出来遇见了我，你们才没有捉住她。我们对你家恨之入骨，今天是特意来报仇的。"说完，他们就扬帆顺流而去，顷刻间便不见踪影。后来官府缉拿这条大船也毫无踪迹，这家女儿的结果也不知怎样，但她的处境可以预料。人家穷到卖女儿的地步，还能有什么作为呢？不料还能做强盗。婢女遭残酷虐待，难道还能报仇？不料她父亲做了强盗能报复。这真是所谓"蜂蝎有毒”啊！

李受先生又说，有个人对待婢女很残忍，因一时的小过错，便将她关在空房里，致使婢女冻饿而死。由于她身上没留下伤痕，她父亲打官司不但没赢，反而挨了板子。他咽不下这口气，就在夜里翻墙进去，将主人家的母女全杀了。官府缉捕多年，仍没捉拿归案。这说明不当强盗也能报仇啊！

他又说，京城某家起火，主人夫妇及子女都被烧死了。这是婢女们痛恨主人而故意引起的火灾。由于证据不足，此案也不了了之。这说明不必靠父亲，本人也能报仇。

我有一位亲戚，随便鞭打婢女姬妾，如同儿戏，不时有人被他折磨致死。一天晚上，有一团车轮般的黑气，从屋檐上落下，有如狂风般旋转，发出啾啾的响声，进入他的卧室就不见了。第二天，主人脖子上长出一个粟粒大小的疮，逐渐向四周扩散溃烂，后来，他的头像被刀砍似的断了。这说明人不能报复，鬼也能报复。

别人爱自己的子女，难道不如我爱自己的子女吗？坚强的人含冤忍痛，怨气郁结不能发泄，但一旦发作就会铤而走险，是理所当然的事。那些懦弱的人横遭荼毒，他们含恨死去，其悲惨遭遇会感动三灵，神灵也会出面干涉。凶手没遭到受难者的报复，也会受到上天的惩罚，这本来是很自然的道理。

盗女破盗

【原文】

马德重言，沧州城南，盗劫一富室，已破扉入，主人夫妇并被执，众莫敢谁何。有妾居东厢，变服逃匿厨下，私语灶婢曰："主人在盗手，是不敢与斗。渠辈屋脊各有人，以防救应，然不能见檐下。汝抉后窗循檐出，密告渚仆：各乘马执械，四面伏三五里外。盗四更后必出，四更不出，则天晓不能归巢也。出必挟主人送，苟无人阻，则行一二里必释，不释恐见其去向也。俟其释主人，急负还而相率随其后，相去务在半里内。彼如返斗即奔还，彼止亦止，彼行又随行。再返斗仍奔，再止仍止，再行仍随行。如此数四，彼不返斗则随之，得其巢。彼返斗则既不得战，又不得遁。逮至天明，无一人得脱矣。"婢冒死出告，众以为中理，如其言。果并就擒，重赏灶婢。妾与嫡故不甚协，至是亦相睦。后问妾何以办此，泫然曰："吾故盗魁某甲女。父在时，尝言行劫所畏惟此法，然未见有用之者。今事急姑试，竟侥幸验也。"故曰：用兵者务得敌之情。又曰：以贼攻贼。

【译文】

马德重说，在沧州城南，有强盗抢劫一家富户，已经破门而入，把主人夫妇绑了起来，全家人谁也不敢反抗。有位小妾住在东厢房里，她换了身衣服逃到厨房藏了起来，悄悄地对烧火丫头说："主人落在强盗手里，所以不敢和他们斗，他们在房顶上也有人看守，为防止有人来救，但他们看不到房檐下。你扒开后窗，沿着房檐走出去，偷偷告诉那几个仆人，叫他们都骑马拿着武器，四面埋伏在三五里外的地方。强盗们在四更天后肯定要撤走，因为四更天不走，天亮就回不到他们的巢穴了。他们撤走时肯定要挟持着主人送他们。如果没人阻拦，走一二里路就会放了主人，如果还不放，他们怕主人知道他们的去向。等强盗放了主人，可赶紧把主人接回来，然后跟在强盗的后面，距离最好在半里之内。如果强盗回身杀来，我们就往回跑。他们停下，我们也停下，他们走，我们也跟着走。他们再回身杀来，我们还是往回跑。他们再停下，我们也停下，他们走，我们也跟着走。这样反复几次，他们不再返身杀来，我们就跟着他们，把他们的巢穴弄清楚。他们回身杀来却近不了我们，也摆脱不了我们。就这样相持到天亮，他们一个也跑不了。"那丫头冒险出去告诉了奴仆们。大家认为有道理，就按她的方法去做，强盗们果然全部被捕。于是烧火丫头得到重赏，妾和正妻关系一直不大和睦，至此关系也好起来了。后来正妻问妾为什么能够想出此等高招来，妾流着眼泪道："我原是某强盗头子的女儿，父亲在时，曾说去打劫就怕对方用这个办法，但没见人用过。当时情况危急，冒险一试，竟侥幸奏效。"所以说，用兵作战的人必须要了解敌手的情况。又有人说，可以以贼攻贼。

鬼之可贵者

【原文】

陈半江言，有书生月夕遇一妇，色颇姣丽。挑以微词，欣然相就。自云家在邻近，而不肯言姓名。又云夫恒数日一外出，家有后窗可开，有墙缺可逾，遇隙即来，不能预定期也。如是五六年，情好甚至。一日，书生将远行，妇夜来话别。书生言随人作计，后会无期，凄恋万状，哽咽至不成语。妇忽嬉笑曰："君如此情痴，必相思致疾，非我初来相就意。实与君言，我鬼之待替者也。凡人与鬼狎，无不病且死，阴剥阳也。惟我以爱君韶秀，不忍玉折兰摧，故必越七八日后，待君阳复，乃肯再来，有剥有复，故君能无恙。使遇他鬼，则纵情冶荡，不出半载，索君于枯鱼之肆矣。我辈至多，求如我者则至少，君其宜慎。感君义重，此所以报也。"语讫，散发吐舌作鬼形，长啸而去。书生震栗几失魂。自是虽遇冶容，曾不侧视。

【译文】

陈丰江说，有个书生在一个月夜遇到一位妇人，长得很艳丽。他就说些轻浮的话来挑逗她，她竟很主动地迎合书生，并说她家离此不远，但不肯把姓名说出来。又说她丈夫常常隔几天就外出一次，她家有一扇后窗可以打开，墙上有个缺口，能爬进爬出。有机会就来，但无法预先定时间。就这样，书生和她交往了五六年，感情很好。有一天，书生要远行，妇人夜里来告别。书生说到要随人生计，后会无期，以至恋恋不舍，后来哽咽得说不出话来。妇人忽然笑着说："你这样痴情，一定会得相思病。这与我同你开始交往的本意有违了。实话告诉你，我是等待替身的鬼。凡是人和鬼交合，人没有不得病致死的，这是阳气受到阴气侵蚀的缘故。不过我爱你仪表俊秀，不忍心摧残你，所以我每次都是隔七、八天，等你阳气恢复之后，才再次与你相会，你的阳气受到侵蚀后又得到恢复，你才安然无恙。假如是别的鬼，就会让你纵欲无度，那么不过半年，你就会像干鱼一般了。鬼类很多，像我这样的却很少，你要多加小心。我为你深重的情义所感动，这是我报答你的原因。"说完，她就披头散发，吐出舌头变成鬼长啸着离开了。书生吓得魂飞魄散。从此即使碰到漂亮女子，也目不斜视了。

四　救

【原文】

宋清远先生言，昔在王坦斋先生学幕时，一友言梦游至冥司，见衣冠数十人累累入。冥王诘责良久，又累累出，各有愧恨之色。

偶见一吏，似相识，而不记姓名。试揖之，亦相答。因问："此并何人，作此形状?"吏笑曰："君亦居幕府，其中岂无一故交耶?"曰："仆但两次佐学幕，未入有司署也。"吏曰："然则真下知矣。此所谓四救先生者也。"

问："四救何义?"曰："佐幕者有相传口诀，曰救生不救死，救官不救民，救大不救小，救旧不救新。救生不救死者，死者已死，断无可救；生者尚生，又杀以抵命，是多死一人也，故宁委曲以出之，而死者衔冤与否，则非所计也。救官不救民者，上控之案，使冤得申，则官之祸福不可测；使不得申，即反坐不过军流耳，而官之枉断与否，则非所计也。救大不救小者，罪归上官，则权位重者谴愈重，且牵累必多；罪归微官，则责任轻者罚可轻，且归结较易，而小官之当罪与否，则非所计也。救旧不救新者，旧官已去，有所未了，羁留之恐不能偿；新官方来，有所委卸，强抑之尚可以办，其新官之能堪与否，则非所计也。是皆以君子之心，行忠厚长者之事，非有所求取，巧为舞文，亦非有所恩仇，私相报复。然人情百态，事变万端，原不能执一而论。苟坚持此例，则矫枉过直，顾此失彼，本造福而反造孽，本弭事而反酿事，亦往往有之。今日所鞫，即以此贻祸者。”

问：“其果报何如乎？”曰：“种瓜得瓜，种豆得豆。夙业牵缠，因缘终凑。未来生中，不过亦遇四救先生，列诸四不救而已矣。”

俯仰之间，霍然忽醒，莫明其入梦之故，岂神明或假以告人欤？

【译文】

宋清远先生说，以前他在王坦斋先生的学府中当幕僚时，有位朋友说他曾梦游到地府，看到几十位绅士陆续进来，阎王把他们责备了好一阵子，他们才又陆续退出，脸上都现出愧疚的神色。

忽然，他发现一位小吏，似曾相识，却记不起名字了。他试着向对方作揖打招呼，对方也向他回了礼。于是他就问对方这都是些什么人，怎么这般模样。小吏笑着说：“你身为官府中人，其中难道一个老友也没有么？”他回答说：“我只有两次担任过学府的幕僚，没有在衙门里做过事。”小吏说：“这样说来，你是真的不知道了。这些人都是所谓‘四救’先生。”

他又问：“四救是什么意思？”小吏说：“在幕僚

当中，流传着这样的顺口溜：救生不救死，救官不救民，救大不救小，救旧不救新。救生不救死的意思就是：死的已经死了，绝对挽救不过来，但生者却还活着，杀了他偿命，就是多死一个人。所以宁可曲意把活着的人救出来，至于死者冤不冤枉，就不去管了。救官不救民的意思是：越级上告的案件如果能得雪耻申冤，那么当地官员的祸福就不可知了。即使不予申冤雪耻，连坐也不过是发配充军，而官员的判案公道与否，就不去管了。救大不救小的意思是：把罪过推到上司身上，那么权位重的受处分也越重，而且必将牵连更多的人，而把罪过推到小官身上，那就责任轻的受罚也轻，而且容易了结，至于小官该不该去顶罪就不去管了。救旧不救新的意思是：旧官已离去，有没了的公事，再留他可能也没什么用，新官初上任，可以不理旧事，但如果强迫他干，他也可以办，至于新官是否受得了，就不去管了。以上都是出于君子之心，去做忠厚长者应做的事，并不是为了捞取一点什么，玩弄法律公文，也并不是对谁有恩仇，而暗中报复。不过人情百态、千变万化，本来就不能一概而论。如果坚持以“四救”办事，就可能娇枉过正，顾此失彼，本心是想造福，反而会造孽；本心要息事宁人，反而酿出事来。这种事情也经常发生。今天被审问的一班人，都是因此而惹下的麻烦。”

这人又问：“他们因果报应如何？”小吏说：“种瓜得瓜，种豆得豆。因前生的恩怨纠缠着，有这个因缘就总能相遇。来生这些人也必定能遇上‘四救’先生，而他们自己则是‘四不救’里面的人了。”

两人正在谈论时，这个人忽然醒来。他不知何故做了这个梦，难道是神灵要通过他把这些告诉给世人吗？

代　死

【原文】

又闻巴公彦弼言，征乌什时，一日攻城急，一人方奋力酣战，忽有飞矢自旁来，不及见也。一人在侧见之，急举刀代格，反自贯颅死。此人感而哭奠之，夜梦死者曰："尔我前世为同官，凡任劳任怨之事，吾皆卸尔；凡见功见长之事，则抑尔不得前。以是因缘，冥司注今生代尔死。自今以往，两无恩仇。我自有赏恤，毋庸尔祭也。"

此与木商事相近。木商阴谋，故谴重；此人小智，故谴轻耳。然则所谓巧者，非正其拙欤？

【译文】

曾听巴彦弼说过，出征乌什时，有一天的攻城战特别激烈，有一个人正在奋勇作战，忽然有一支流矢从旁向他飞来，这人没有发现。另外一人在旁边发现了，就连忙举刀替他遮挡，自己却被箭射穿脑袋而死。此人十分感激，就悲伤地祭奠死者。夜里梦见死者对自己说："你我前生曾是同僚，凡是任劳任怨的事，我都推给你，凡是能立功受奖的事，我则排挤你，使你靠不上边。因我俩有这一段因缘，地府判我这辈子要代替你死。从今以后，我俩无恩无怨。我也自有赏赐的抚恤金，不必劳你祭奠我了。”

这同前面说到过的木材商的事差不多。木材商因耍阴谋，所以受罚很重；这人因耍点儿小聪明，所以受罚也较轻。可见所谓的巧，不正是拙的表现吗？

老成远虑

【原文】

武强一大姓，夜有劫盗。群起捕逐，盗逸去。众合力穷追，盗奔其祖茔松柏中。林深月黑，人不敢入，盗亦不敢出。相持之际，树内旋飙四起，沙砾乱飞，人皆眯目不相见，盗乘间突围得脱。众相诧异，先灵何反助盗耶？

主人夜梦其祖曰："盗劫财不能不捕，官捕得而伏法，盗亦不能怨主人。若未得财，可勿追也。追而及，盗还斗伤人，所失不大乎？即众力足殪盗，盗殪则必告官，官或不谅，坐以擅杀，所失不更大乎？且我众乌合，盗皆死党；盗可夜夜伺我，我不能夜夜备盗也。一与为仇，隐忧方大，可不深长思乎？旋风我所为，解此结也，尔又何尤焉？"主人醒而喟然曰："吾乃知老成远虑，胜少年盛气多矣！"

【译文】

武强县有一家大户，夜里有小偷前去偷东西，使群起捕捉，小偷逃去。大家合力穷追，小偷逃到大户祖坟所在的松柏林里。林深月黑，大家一时都不敢进去，小偷也不敢出来。正在相持不下，树林里忽然刮起了旋风，飞沙走石，弄得人睁不开眼，小偷借这个机会突围逃走了。大家都感到惊讶，先人之灵为什么反而会帮助小偷呢？

主人家夜里梦见先祖说："小偷偷东西，不能不抓，如果官府捉到小偷加以惩罚，小偷也不能怨恨主人。但如果没有偷走东西，就不要穷追不舍。追上了，如果双方斗殴起来就会伤人，损失不是更大吗？即使大家能够杀了小偷，也必须向官府汇报，如果官府追究说你们擅自杀人，那损失不是更大么？何况我们是些乌合之众，而小偷们则是些死党，他们可以夜夜伺机来对付我们，我们却无法夜夜防备他们。一旦和他们结了仇，隐患就大了，能不从长计议么？旋风就是我为了解开这个仇结而刮起的，你们又为什么还要怪我呢？"主人醒来后惊叹道："我这才明白老成人有远虑，这要比年轻人盛气用事强多了。"

艾孝子寻亲

【原文】

宝坻王泗和，余姻家也。尝示余《书艾孝子事》一篇，曰：艾子诚，宁河之艾邻村人。父文仲，以木工自给。偶与人斗，击之踣。误以为死，惧而逃。虽其妻莫知所往，第仿佛传闻似出山海关尔。是时妻方娠，越两月，始生子诚。文仲不知已有子，子诚幼鞠于母，亦不知有父也。迨稍有知，乃问母父所在。母泣语以故，子诚自是惘惘如有失，恒絮问其父之年齿状貌及先世之名字，姻娅之姓氏里居。亦莫测其意，姑一一告之。比长，或欲妻以女。子诚固辞曰："乌有其父流离，而其子安处室家者?"始知其有志于寻父，徒以孀母在堂，不欲远离耳。然文仲久无音耗，子诚又生未出里闾，天地茫茫，何从踪迹?皆未信其果能往。子诚亦未尝议及斯事，惟力作以养母。

越二十年，母以疾卒。营葬毕，遂治装裹粮赴辽东。有沮以存亡难定者，子诚泫然曰："苟相遇，生则共返，殁则负骨归。苟不相遇，宁老死道路间，不生还矣。"众挥涕而送之。

子诚出关后，念父避罪亡命，必潜踪于僻地。凡深山穷谷、险阻幽隐之处，无不物色。久而资斧既竭，行乞以糊口。凡二十载，终无悔心。

一日，于马家城山中遇老父，哀其穷饿，呼与语，询得其故，为之感泣。引至家，款以酒食。俄有梓人携具入，计其年与父相等。子诚心动，谛审其貌，与母所说略相似。因牵裾泣涕，具述其父出亡年月，且缕述家世及戚党，冀其或是。是人且骇且悲，似欲相认，而自疑在家未有子。子诚具陈始末，乃嗷然相持哭。盖文仲辗转逃避，乃至是地，已阅四十余年，又变姓名为王友义，故寻访无迹，至是始偶相遇也。

老父感其孝，为谋归计。而文仲流落久，多逋负，滞不能行。子诚仍踉跄奔还，质田宅，贷亲党，得百金再往，竟奉以归。归七年，以寿终。

子诚得父之后，始娶妻。今有四子，皆勤俭能治生。昔文安王原寻亲万里之外，子孙至今为望族。子诚事与相似，天殆将昌其家乎？子诚佃种余田，所居距余别业仅二里。余重其为人，因就问其详而书其大略如右，俾学士大夫，知陇亩间有是人也。时癸丑重阳后二日。

按：子诚求父多年，无心忽遇，与宋朱寿昌寻母事同，皆若有神助，非人力所能为。然精诚之至，故哀感幽明，虽谓之人力亦可也。

【译文】

宝坻的王泗和，是我的亲家。他曾给我看过一篇《书艾孝子事》的故事。文中说：艾子诚是宁河艾邻村人，父名叫艾文仲，以做木工为生，他因偶然和别人争斗，把对方打倒在地，误认为把人打死了，就畏罪潜逃。即使他的妻子也不知道丈夫逃到哪儿去了，只是传说好像是出了山海关。这时他妻子正怀着孕，过了两个月，就生下了艾子诚。艾文仲也不知道自己有了儿子，子诚从小由他母亲抚养，也不知道自己还有个父亲。等他稍稍懂事了，他才问母亲父亲上哪儿去了。他母亲就哭着把其中的原委告诉了他。从此以后，子诚便茫然若失，常常缠着母亲询问父亲的年龄相貌以及先人的名字，亲戚的姓名住址等。母亲当时也不知道他的想法，姑且一一告诉了他。子诚长大后，有人想把自己的女儿嫁给他，他坚决不肯，并说："哪有父亲流离在外，儿子却安居家中的？"人们这才知道他有志寻父，只是因为寡母还在，他不忍远离。但文仲杳无音信，子诚生下来后也没出过远门，天地茫茫，他上哪儿去找？因此人们都不信他真的能去寻父。子诚也没有主动提及此事，只是自己种地养活母亲。

二十年后，他母亲病逝。他把母亲安葬完毕，便整理行装，带着干粮要赶赴辽东。有人就说他父亲艾文仲生死不明，劝他别去。子诚流泪道："如果我能找到父亲，他活着就一起回来，死了就把遗骨背回来。如果找不到父亲，我宁可死在路上，也不回来了。"大家只得哭着把他送走了。

子诚出关后，估计父亲畏罪潜逃，一定会躲在偏僻的地方。于是凡是深山幽谷，艰险偏僻之处，他没有不到的。时间一长，路费用光了，他靠行乞活命。他寻找父亲长达二十年之久，始终没有后悔之意。

有一天，他在马家城山中，遇到一位老人。老人可怜他穷困，和他攀谈起来，问明了他的原委，也感动得哭了。老人把子诚带到家里，用酒食款待他。一会儿，有个木匠带着工具进来了，他估计木匠的年龄和父亲差不多，便心中一动。待他仔细观察木匠的长相，也和母亲说的有点相似。他便拉着木匠的衣襟哭述自己父亲逃亡的时间，并仔细讲了家世及亲戚情况，希望这人就是自己要寻找的父亲。木匠又惊又悲，正要相认，又觉得自己在家时并没有儿子。子诚又讲了事情的始末，木匠这才叫了一声，父子俩抱头痛哭。原来艾文仲辗转逃亡，才到这个地方，至此已经四十多年了。他又更改了姓名叫王友义，所以很难打听到他的踪迹，到这时父子俩才偶然相遇。

老人为艾子诚的孝心所感动，便设法让他们回老家。但艾文仲因长期漂泊流离，欠下不少债，不能回去。子诚便急忙赶回家，典卖田地房屋，向亲戚朋友借贷，弄到了一百多两银子，然后又赶紧回到马家城，终于接回了他父亲。七年之后，父亲寿终。

子诚在找到父亲之后，才娶了妻子，如今有四个儿子，都很勤劳节俭能自立。从前，文安县的王原到万里以外的地方寻找父亲，子孙至今都是大族。子诚的事和他的事很相似。难道是老天要使他家昌盛吗？子诚租种着我家的田地，住处离我家仅有二里路。我看重他的为人，因此就这件事找他问了个详细，并大略写了上面这段文字，好让士大夫们知道，在种地的农夫们中有这么一位孝子。现在是乾隆五十八年重阳节后的第二天。

按：子诚寻找父亲多年，后来与父亲无意中偶然相遇，这同宋代朱寿昌寻母的事差不多，都好像有神灵暗中护助，不是单凭人力就能做到的。不过，精诚所至，感动了阴间阳间的芸芸众生，说是靠的人力也是可以的。

人不自知取祸

【原文】

一馆吏议叙得经历，需次会城，久不得差遣，困顿殊甚。上官有怜之者，权令署典史。乃大作威福，复以气焰轹同僚，缘是以他事落职。

邵二云学士偶话及此，因言其乡有人方夜读，闻窗棂有声。谛视之，纸裂一罅，有两小手擘之，大才如瓜子。即有一小人跃而入，彩衣红履，头作双髻，眉目如画，高仅二寸余。掣案头笔举而旋舞，往来腾踏于砚上，拖带墨渖，书卷俱污。此人初甚错愕，坐观良久，觉似无他技，乃举手扑之，嗷然就执。踡跼掌握之中，音呦呦如虫鸣，似言乞命。此人恨甚，径于灯上烧杀之，满室作枯柳木气，迄无他变。炼形甫成，毫无幻术，而肆然侮人以取祸，其此吏之类欤？此不知实有其事，抑二云所戏造，然闻之亦足以戒也。

【译文】

有一位馆吏经过考核后，被任命为经历官，到省会去候补。因他长期没有被授以实职，所以处境极为困难。有位上司很同情他，就让他暂且任了个典史。他却利用职权作威作福，而且还欺压同事，后来终于因别的事被罢免了。

邵二云学士偶然谈及这件事，顺便又说起这样一件事：他家乡有个人正在夜读，忽然听到窗棂上有声音，他仔细一看，只见窗纸裂开了一道缝，有两只像瓜子那样大的小手正在扒着窗纸。随即就有一个小人跳了进来，他穿着彩色衣服和红色鞋子，头上梳着双髻，长得眉清目秀，却只有两寸多高。小人拖着案头的笔旋转着跳舞，在砚台上往来践踏，拖带着墨汁，把书本都弄脏了。这人开始时很是惊讶，但他坐着看了好一会儿后，觉得那个小人没有什么能耐，就伸手去捉，一下子就捉住了。小人蜷曲在他手心里，呦呦地叫着，像虫子在鸣叫，听起来好像在喊饶命。这人恨透了小人，就顺手把他放在火上烧死了，满屋都是烧枯柳树时发出的那种气味，也并没有发生什么其他变异。刚刚一修炼成人形，还没有一点幻术，就放肆地欺负人以自取其祸，这也是属于上面所说馆吏一类的人吧？不知这是实有其事，还是邵二云开玩笑编造出来的，不过人们听了之后也足以引以为戒。

郭氏兄弟

【原文】

郭大椿、郭双桂、郭三槐，兄弟也。三槐屡侮其兄，且诣县讼之。归憩一寺，见缁袍满座，梵呗竞作。主人虽吉服，而容色惨沮，宣疏通诚之时，泪随声下。叩之，寺僧曰："某公之兄病危，为叩佛祈福也。"三槐痴立良久，忽发颠狂，顿足捶胸而呼曰："人家兄弟如是耶？"如是一语，反复不已。掖至家，不寝不食，仍顿足捶胸，诵此一语，两三日不止。大椿、双桂故别住，闻信俱来，持其手哭曰："弟何至是？"三槐又痴立良久，突抱两兄曰："兄固如是耶！"长号数声，一踊而绝。咸曰神殛之，非也。

三槐愧而自咎，此圣贤所谓改过，释氏所谓忏悔也。苟充是志，虽田荊、姜被，均所能为，神方许之，安得殛之？其一恸立殒，直由感动于中，天良激发，自觉不可立于世，故一瞑不视，戢影黄泉，岂神之褫其魄哉？惜知过而不知补过，气质用事，一往莫收。无学问以济之，无明师益友以导之，无贤妻子以辅之，遂不能恶始美终，以图晚盖，是则其不幸焉耳。

昔田氏姊买一小婢，倡家女也。闻人诮邻妇淫乱，瞿然惊曰："是不可为耶？吾以为当如是也。"后嫁为农家妻，终身贞洁。然则三槐悖理，正坐不知，故子弟当先使知礼。

【译文】

郭大椿、郭双桂、郭三槐是三兄弟，三槐经常欺负两位哥哥，还到县城去告他们的状。他从县里回来，在一座寺庙里休息时，只见和尚满座，一片念经声。有位施主虽然身穿表示吉祥的服装，却满脸忧伤，在宣读祈祷词以表示诚意时，声泪俱下。三槐就询问是怎么回事，有个和尚说："他哥哥病危，他来为哥哥拜佛祈祷。"三槐听后呆立了好久，忽然发了疯，捶胸顿足地喊道："人家兄弟竟然是这样啊？"他就这样反复不停地喊着这一句话。把他扶回家后，他仍不吃不睡，总是捶胸顿足，念叨着那一句话。两三天过去了还是如此。大椿、双桂原来一直跟他分开住，听到这个消息后都赶来了，拉着他的手哭诉着说："弟弟怎么会这样呢？"三槐听后又呆立了许久。突然抱住两位哥哥说："哥哥原来这样好啊！"他长号了几声后，跳一下就断了气。人们都说是神灵惩罚了他，按理说不是的。

三槐因愧疚而自责，这就是圣贤所说的改过，佛家所说的忏悔。他既然能这样做，就是做到像田家兄弟和姜家兄弟那样友爱也是很容易的，神灵就应该宽容他，怎么会对他施以惩罚呢？他痛苦一阵之后就死去了，主要是因为心中感动，激发起天地良心的萌生，觉得自己再也不应该活在世上，所以就两眼一闭，隐身黄泉，怎么能说是神灵夺走了他的魂魄呢？只可惜他知过而不知补过，凭意气用事，一发而不可收拾。没有学问来开导他，没有良师益友来引导他，没有贤妻来辅佐他，于是就不能以恶始而以善终，以图有个好的晚节，他的不幸也就在这里。

从前，有位田家姐姐买来一个小婢，是个妓女的女儿。这小婢偶然听人讥笑邻居的女人淫乱，忽然明白了而吃惊地说："难道不能干这种事吗？我以为这是正常的呢。"后来她嫁给一家农户做妻子，终身贞洁。这么说来三槐以前干了些有悖于情理的事，只因为他根本不懂什么是对什么是错。所以对于子弟，首要的问题是要教育他们知礼。

轮回之说

【原文】

轮回之说，凿然有之。恒兰台之叔父，生数岁，即自言前身为城西万寿寺僧。从未一至其地，取笔粗画其殴廊门径，庄严陈设，花树行列。往验之，一一相合。然平生不肯至此寺，不知何意。此真轮回也。

朱子所谓轮回虽有，乃是生气未尽，偶然与生气凑合者，亦实有之。余崔庄佃户商龙之子，甫死即生于邻家，未弥月能言。元旦父母偶出，独此儿在襁褓。有同村人叩门，云贺新岁。儿识其语音，遽应曰："是某丈耶？父母俱出，房门未锁，请入室小憩可也。"闻者骇笑。然不久夭逝。朱子所云，殆指此类矣。天下之理无穷，天下之事亦无穷，未可据其所见，执一端论之。

【译文】

轮回之说，确实存在。恒兰台的叔叔几岁时，就自称前身是城西万寿寺的和尚。他从来没有到过那里，却拿过笔来大略地画出了万寿寺的殿廊门径、规模陈设以及花木行列等等。拿这画去实地对照，能一一相合。但是他这一辈子都不肯去万寿寺，不知道是怎么回事。这是真的轮回。

朱熹曾说过，轮回虽然有，却只是未尽的生命气息偶然和生命的气息相凑合而已，也确实有这种事。在崔庄，我的一个佃户商龙的儿子刚死去，就又在邻家出生了，还没满月就能够说话。元旦那天，父母亲碰巧都出去了，只有这孩子在襁褓中，有位同村的人来敲门，说是来拜年。这孩子熟悉他的话音，马上就应道："是某某大伯么？我父母亲都出去了，房门没锁，您请进来休息一会儿好么？"这人又惊又笑。但是这孩子却不久就夭折了。朱熹所说的，可能指的就是这一类。天下的道理无穷无尽，天下的事也无穷无尽。不能仅仅根据自己的所见，持一己之论。

不可理断

【原文】

门人邱人龙言，有赴任官，舟泊滩河。夜半，有数盗执炬露刃入，众皆慑伏。一盗拽其妻起，半跪启曰："乞夫人一物，夫人勿惊。"即割一左耳，敷以药末，曰："数日勿洗，自结痂愈也。"遂相率呼啸去。怖几失魂，其创果不出血，亦不甚痛，旋即平复。以为仇耶，不杀不淫；以为盗耶，未劫一物。既不劫不杀不淫矣，而又戕其耳；既戕其耳矣，而又赠以良药，是专为取耳来也。取此耳又何意耶？千思百索，终不得其所以然，天下真有理外事也。邱生曰："苟得此盗，自必有其所以然。其所以然亦必在理中，但定非我所见之理耳。"然则论天下事，可据理以断有无哉！

【译文】

我的门生邱人龙说，有一个官员去上任，他所乘的船就停泊在滩河边。半夜时分，有几个强盗点着火把拿着刀剑来到船上，船上的人都吓得趴在船上，一动也不敢动。一个强盗把官员的妻子拖起来，半跪着说："我只想要夫人一样东西，夫人不要害怕。"随即割下了她的左边耳朵，并给她敷上了药末，说："几天不沾水，自然会结了痂痊愈。”然后他们相互呼喊着离去了。夫人被他们吓得差点儿丢了魂，伤口果然没有出血，也不怎么疼，不久就痊愈了。说这伙强盗是来报仇吧，却不杀不淫；说是来抢劫吧，却一样东西也不抢。既然不杀不淫不抢，却又割了耳朵去；既然割下了耳朵，却又赠好药给她。那么应是专门取耳朵来的。但要取这耳朵又是什么意思呢？苦思冥想，怎么也想不出个所以然来，天下真有不可理喻的事情。邱人龙说：“如果把这个强盗捉住了，就能弄出个所以然来；其所以然也肯定有一定道理，但肯定不是我们所想得到的道理。”既然这样，那么讨论天下的事，能根据常理来判断有无吗？

书　痴

【原文】

先姚安公曰："子弟读书之余，亦当使略知家事，略知世事，而后可以治家，可以涉世。明之季年，道学弥尊，科甲弥重。于是黠者坐讲心学，以攀援声气；朴者株守课册，以求取功名。致读书之人，十无二三能解事。崇祯壬午，厚斋公携家居河间，避孟村土寇。厚斋公卒后，闻大兵将至河间，又拟乡居。濒行时，比邻一叟顾门神叹曰：'使今日有一人如尉迟敬德、秦琼，当不至此。'汝两曾伯祖，一讳景星，一讳景辰，皆名诸生也。方在门外束襆被，闻之，与辩曰：'此神荼、郁垒像，非尉迟敬德、秦琼也。'叟不服，检邱处机《西游记》为证。二公谓委巷小说不足据，又入室取东方朔《神异经》与争。时已薄暮，检寻既移时，反复讲论又移时，城门已阖，遂不能出。次日将行，而大兵已合围矣。城破，遂全家遇难。惟汝曾祖光禄公、曾伯祖镇番公及叔祖云台公存耳。死生呼吸、间不容发之时，尚考证古书之真伪，岂非惟知读书不预外事之故哉？"

姚安公此论，余初作各种笔记，皆未敢载，为涉及两曾伯祖也。今再思之，书痴尚非不佳事，古来大儒似此者不一，因补书于此。

【译文】

先父姚安公曾说：“子弟们读书之外，也应该叫他们知道些家事世事，以后他们才可以治家涉世。明代末年，道学的地位高，科考被人看重。于是，那些机灵的人去研究心学，攀附有声望的人；老实人便死钻经书，为了求取功名。致使那些读书的人，懂得世事的不足十分之二三。崇祯十五年，厚斋公带着他的全家住在河间府，以躲避孟村的土匪。厚斋公去世后，听说大兵将到河间来，又打算躲到乡下。临走时，邻居一个老人看着门神叹息道：‘假如今天有个像尉迟敬德、秦琼这样的人，也不会到这种地步。’你们的两位曾伯祖，一个叫景星，另一个叫景辰，都是有名的生员。两个人正在外面打点着行装，听了这席话，便争辩说：‘这只是神荼、郁垒像，不是尉迟敬德和秦琼。’老人听了心里不服，就以邱处机的《西游记》为证。这两位曾伯祖说那种街谈巷议的小说不足为据，那老人又拿来东方朔的《神异经》来争论。当时已接近黄昏，查找书籍浪费了不少时间，反复争辩又用去不少时间，后来城门关闭，出不去了。第二天，他们要走，可是大兵已经包围了河间城。城陷以后，全家都遇难了。只有你曾祖光禄公、曾伯祖镇番公及叔祖云台公活了下来。在生死存亡、间不容发之时，还在考证古书的真假，这难道不是只知读书而不闻外面世事的缘故么?”

姚安公讲的这段故事，在我当初写的各种笔记中都没有敢载入，因为涉及了两位曾伯祖。如今又一想，书呆子也不能说是丑事，自古以来的大儒像这样的也不止一位，因而补记在这里。

滇中令

【原文】

门人有作令云南者，家本苦寒，仅携一子一童，拮据往，需次会城。久之，得补一县，在滇中，尚为膏腴地。然距省穹远，其家又在荒村，书不易寄。偶得鱼雁，亦不免浮沉，故与妻子几断音问。惟于坊本缙绅中，检得官某县而已。偶一狡仆舞弊，杖而遣之，此仆衔次骨。其家事故所备知，因伪造其童书，云主人父子先后卒，二棺今浮厝佛寺，当借资来迎。并述遗命，处分家事甚悉。

初，令赴滇时，亲友以其朴讷，意未必得缺；即得缺，亦必恶。后闻官是县，始稍稍亲近，并有周恤其家者，有时相馈问者。其子或有所称贷，人亦辄应，且有以子女结婚者。乡人有宴会，其子无不与也。及得是书，皆大沮。有来唁者，有不来唁者。渐有索逋者，渐有道途相遇似不相识者。童奴婢媪皆散。不半载，门可罗雀矣。

既而令托入觐官寄千二百金至家迎妻子，始知前书之伪，举家破涕为笑，如在梦中。亲友稍稍复集，避不敢见者，颇亦有焉。

后令与所亲书曰："一贵一贱之态，身历者多矣；一贫一富之态，身历者亦多矣。若夫生而忽死，死逾半载而复生，中间情事，能以一身亲历者，仆殆第一人矣。"

【译文】

我有个门生在云南当县令。他家境本来苦寒，赴任时只带了一个儿子和一个童子，手头紧巴巴地到省城补缺。等了很久，补了一个县令，在云南中部，还算是个富饶之地。但是该县离省城较远，他家又在荒村，书信不容易寄达。偶然有捎信的人，也难将信交到收信人手中，因此和妻子儿女几乎断了音信。家人只能在坊刻本的《缙绅录》中查得他在某县做官。这时，碰巧他的一个狡猾的仆人舞弊，被他打了一顿赶走了，这仆人就对他恨之入骨。他对县令的家事很熟悉，就假冒童子写信说，主人父子都先后死了，两口棺材都放在佛庙中，请借钱来迎。同时还写了主人的遗嘱，安排家事很详细。

当初县令前往云南时，亲友因为他质朴老实，认为他未必能补上官，即使补了官也一定不是好的职位。后来听说他当了个县令，才稍稍和他的家人亲近，有的出钱周济，赠送东西慰问。他的儿子有时向人借钱，对方也是有求心应，而且有的还和他家攀谈亲事。村里每次宴会，他的儿子都被邀参加。等得到这封信，人们都大失所望，有来吊丧的，有不来的。渐渐有来讨债的，有的在路上相遇装作好像不认识似的。他家的童奴婢媪都走了，不到半年，门庭冷落得不见人影。

不久，这位县令托进京晋见皇帝的官员把一千二百两银子带给家里，让家眷到云南去，家里才知道前一封信是假的，全家人破涕为笑，好像在梦中。于是亲友又渐渐聚拢来，也有很多避而不敢再见的。

后来县令给他的一个好友写信说："一贵一贱的情态，亲身经历过的人很多；一穷一富的情态，亲身经历过的人也很多。至于活着的忽然死了，死了大半年又复活，这其中的情态，由一个人来亲身经历的，我恐怕是第一个。"

鬼有形质

【原文】

刘香畹言，有老儒宿于亲串家。俄主人之婿至，无赖子也。彼此气味不相入，皆不愿同住一屋，乃移老儒于别室。其婿睨之而笑，莫喻其故也。

室亦雅洁，笔砚书籍皆具。老儒于灯下写书寄家，忽一女子立灯下，色不甚丽，而风致颇娴雅。老儒知其为鬼，然殊不畏，举手指灯曰："既来此，不可闲立，可剪烛。"女子遽灭其灯，逼而对立。老儒怒，急以手摩砚上墨渖，掴其面而涂之，曰："以此为识，明日寻汝尸，锉而焚之。"鬼呀然一声去。次日，以告主人。主人曰："原有婢死于此室，夜每出扰人。故惟白昼与客坐，夜无人宿。昨无地安置君，揣君耆德硕学，鬼必不出。不虞其仍现形也。"乃悟其婿窃笑之故。

此鬼多以月下行院中，后家人或有偶遇者，即掩面急走。他日留心伺之，面上仍墨污狼藉。鬼有形无质，不知何以能受色？当仍是有质之物，久成精魅，借婢幻形耳。《酉阳杂俎》曰："郭元振尝山居，中夜，有人面如盘，瞚目出于灯下。元振染翰题其颊曰：‘久戍人偏老，长征马不肥。’其物遂灭。后随樵闲步，见巨木上有白耳，大数斗，所题句在焉。”是亦一证也。

【译文】

据刘香畹说，有位老儒生住在亲戚家，恰好主人的女婿也来了，这女婿是个无赖。两人合不来，都不愿意同住在一个屋子里，于是老儒搬到另外一间屋去。女婿斜着眼笑，不知什么缘故。

这间屋子也还雅致整洁，笔砚书籍都有。老儒在灯下给家里写信，忽然一女子站在灯下，不怎么漂亮，但文雅大方。老儒知道她是鬼，但一点也不怕，用手指着灯说：“既然到了这里，就不能闲站着，剪剪灯花吧。”女子一下就把灯弄灭了，然后逼近老儒与他面对。老儒发怒，急忙用手抹一把砚中的剩墨，打在鬼脸上，说：“以这为标记，明天找到你的尸体，碎成段烧掉！”鬼叫了一声跑了。第二天老儒告诉了主人，主人说：“原来有个婢女死在这间屋子里，晚上常出来打扰人，所以只在白天让客人坐一坐，晚上就没人住了。昨天没有地方安顿你，料想你年长德高，饱读诗书，鬼不敢出来。不料她还是现形出来。”老儒这才明白主人的女婿暗笑的原因。

此鬼常在月下来往于院中，后来有人偶然遇见她，她就掩面急走。有一天留心观察，她脸上仍然墨迹狼藉。鬼有形没有质，不知为什么能着色？这可能是有质的怪物，时间长了变成精魅，借婢女幻形。《酉阳杂俎》中说："郭元振曾住在山里，半夜时，有个脸像盘子那么大的人突然出现在灯下。元振用笔在这人的脸颊上题写道：'久戍人偏老，长征马不肥。'这人就不见了。后来他跟着樵夫散步，看见大树上有个白木耳，有好几斗那么大，所题诗句就在上面。"这也是一个例子。

故人之情

【原文】

老仆施祥，尝乘马夜行至张白。四野空旷，黑暗中有数人掷沙泥，马惊嘶不进。祥知是鬼，叱之曰："我不至尔墟墓间，何为犯我？"群鬼揶揄曰："自作剧耳，谁与尔论理！"祥怒曰："既不论理，是寻斗也。"即下马，以鞭横击之。喧哄良久，力且不敌，马又跳踉掣其肘。意方窘急，忽遥见一鬼狂奔来，厉声呼曰："此吾好友，尔等毋造次！"群鬼遂散。祥上马驰归，亦不及问其为谁。次日，携酒于昨处奠之，祈示灵响，寂然不应矣。祥之所友，不过厮养屠沽耳，而九泉之下，故人之情乃如是。

【译文】

老仆施祥，有一次骑马夜行去张白，田野空旷无人，黑暗中有几个人掷泥沙，马惊叫不往前走。施祥知道闹鬼，叱喝道："我没有进入你们的坟地，为什么侵犯我？"群鬼嘲弄道："我们玩我们的，谁和你讲道理？"施祥怒道："既然不讲道理，就要挨打。"随即下马用鞭子横扫。混战了很久，他渐渐支持不住了，马又乱蹦乱跳地碍事。急迫之中，远远地看见一个鬼狂奔而来，厉声叫道："这是我的好朋友，你们不要乱来！"群鬼就散去了。施祥骑马跑回来，没来得及问那个鬼是谁。第二天他带着酒来到昨夜打斗的地方祭奠，想看看有什么反应，但静静的没有反应。施祥的朋友，不过是些干杂役的、喂马的、屠宰卖肉的、卖酒的之类下层人，但在九泉之下，还如此不忘老朋友的情谊。

御下过严

【原文】

饮食男女，人生之大欲存焉。干名义，渎伦常，败风俗，皆王法之所必禁也。若痴儿呆女，情有所钟，实非大悖于礼者，似不必苛以深文。

余幼闻某公在郎署时，以气节严正自任。尝指小婢配小奴，非一年矣，往来出入，不相避也。一日，相遇于庭。某公亦适至，见二人笑容犹未敛，怒曰："是淫奔也！于律奸未婚妻者杖。"遂亟呼杖。众言："儿女嬉戏，实无所染，婢眉与乳可验也。"某公曰："于律谋而未行，仅减一等。减则可，免则不可。"卒并杖之，创几殆。自以为河东柳氏之家法，不过是也。自此恶其无礼，故稽其婚期。二人遂同役之际，举足趑趄，无事之时，望影藏匿。跋前疐后，日不聊生。渐郁悒成疾，不半载内，先后死。其父母哀之，乞合葬。某公仍怒曰："嫁殇非礼，岂不闻耶？"亦不听。后某公殁时，口喃喃似与人语，不甚可辨。惟"非我不可""于礼不可"二语，言之十余度，了了分明。咸疑其有所见矣。

夫男女非有行媒，不相知名，古礼也。某公于孩稚之时，即先定婚姻，使明知为他日之夫妇。朝夕聚处，而欲其无情，必不能也。内言不出于阃，外言不入于阃，古礼也。某公童婢无多，不能使各治其事。时时亲相授受，而欲其不通一语，又必不能也。其本不正，故其末不端。是二人之越礼，实主人有以成之。乃操之已蹙，处之过当，死者之心能甘乎？冤魄为厉，犹以“于礼不可”为词，其斯以为讲学家乎？

【译文】

吃喝与情爱，人生的最大欲望就在这些方面。但是冒犯道义，亵渎伦理纲常，败坏风俗，都是国家法律所必须禁止的。但是像痴儿呆女，彼此钟情，只要不过于违背礼教的，似乎不必用苛刻的法律条文加以深究。

我小时候听说某公在郎署做官时，以气节严厉刚正为己任。他曾把家中的小婢指配给小奴，好几年了，因此两人往来出入，就不互相避开了。一天，两人在庭院中遇到了，恰好某公也在，他看见二人脸上的笑容还没有收敛，便发怒道：“这是淫奔！按法律奸淫未婚妻的人，打板子。”就立即叫打板子。大家说：“小儿女在一起玩耍，实际上并没有奸情，从婢女的眉头与乳房发育上可以验证。”某公说：“按法律，有想法但没有实行的，只减一等罪。减罪可以，免罪却不可以。”还是把两人打了一顿，差点儿打死了。他自以为河东柳氏的家法也不过如此。从此以后就讨厌他们的无礼，故意拖延他们的婚期。两人在一起干活时，使举手投足之时很拘谨，没有事的时候，看见对方的影子就互相躲避，进退两难，惶惶不可终日。渐渐忧郁成病，不到半年，就先后死了。他们父母可怜他们，请求将二人合葬。某公还是发怒道：‘嫁给夭折的人违礼，你们难道没听说过吗？”也不允许。后来某公临终时，嘴里喃喃好像在和人说话，听不大清楚。只是“非我不可”、“于礼不可”两句话，说了十多遍，非常清晰。大家都怀疑他见到了什么。

男女之间没有媒妁，互相不知道姓名，是古礼。某公在这两人孩稚的时候，就已经给他们定下了婚姻，让他们清楚地知道将来是夫妻。两人朝夕相处，却想要叫他们彼此没有感情，是绝对不可能的。家里的话不能传到外面去，外面的话不能传到家里来，这是古礼。某公奴婢不多，不能够让他们各自做自己的事情；常常在一起接触，而想要他们互相不说一句话，这又是绝对不可能的。他的根不正，因此他的枝节也不会端正。这二人的越礼，实际上是主人造成的。而当时操持过于仓促，后来处理又失当，死者怎能甘心呢？冤魂为祸侵犯他时，还在念叨“于礼不可”，还认为他是道学家吗？

因果

【原文】

老儒刘泰宇，名定光，以舌耕为活。有浙江医者某，携一幼子流寓。二人甚相得，因卜邻。子亦韶秀，礼泰宇为师。医者别无亲属，濒死托孤于泰宇，泰宇视之如子。适寒冬，夜与共被。有杨甲为泰宇所不礼，因造谤曰：“泰宇以故人之子为娈童。”泰宇愤恚。问此子，知尚有一叔，为粮艘旗丁掌书算。因携至沧州河干，借小屋以居。见浙江粮艘，一一遥呼，问有某先生否。数日，竟得之，乃付以侄。其叔泣曰：“夜梦兄云侄当归，故日日独坐舵楼望。兄又云：‘杨某之事，吾得直于神矣。’则不知所云也。”泰宇亦不明言，悒悒自归。迂儒拘谨，恒念此事无以自明，因郁结发病死。

灯前月下，杨恒见其怒目视。杨故犷悍，不以为意。数载亦死，妻别嫁，遗一子，亦韶秀。有宦室轻薄子，诱为娈童，招摇过市，见者皆太息。

泰宇，或云肃宁人，或云任丘人，或云高阳人。不知其审，大抵住河间之西也。迹其平生，所谓殁而可祀于社者欤！此事在康熙中年。三从伯灿宸公喜谈因果，尝举以为戒。久而忘之，戊午五月十二日，住密云行帐，夜半睡醒，忽然忆及。悲其名氏翳如，至滦阳后，为录大略如右。

【译文】

老儒生刘泰宇，名定光，以教书为生。有位浙江医生带着幼小的儿子流落到刘泰宇的村子。两人相处得融洽，便比邻而居。医生的儿子聪敏清秀，拜刘泰宇为老师。医生没有别的亲属，临终时把儿子托付给泰宇，泰宇把他当做亲生儿子。适逢寒冷的冬天，晚上两人共盖一床被子。有个叫杨甲的人，泰宇看不上他。因此杨甲造谣说："泰宇把旧友的儿子当做娈童。"泰宇又气又恨，问这个儿子，知道他还有一个叔叔，是替押粮船的旗丁管文书账目的。于是把小孩带到沧州河岸，借了一间小屋居住。看见浙江粮船便远远地叫喊，问有某先生在船上没有？找了几天，竟然找到了那小孩的叔叔，就把小孩交给了他。小孩的叔叔哭着说："夜晚梦见哥哥说，侄儿该回来了，因此天天坐在舵楼瞭望。哥哥还说：'杨某的事，我在神前告赢了。'却不知说的是什么事。"泰宇也不明言，郁郁地自己回家去了。他迂腐拘谨，常常想起在这事上无法去除自己的污名，因此忧郁发病而死。

在灯前月下，杨甲经常看见泰宇怒目而视。杨本来强悍粗犷，也不在乎。过了几年也死了，他妻子改嫁了。留下一个儿子也聪敏清秀。有位轻薄的公子引诱这小孩当了娈童，毫不避人地招摇过市，见到的人都叹息不已。

泰宇，有人说是肃宁人，有人说是任丘人，有人说是高阳人，不知究竟是哪里人，大概住在河间府以西的地方。考察他的一生，可以说是死后可以在社庙里祭祀的人吧。这事发生在康熙中期。我的三堂伯灿宸公喜欢谈因果报应，曾经举这事叫人引以为戒。年长日久，就忘了这事。戊午年五月十二日，我住在密云行帐中，半夜醒来忽然想起这事，为他的姓名渐渐为人所忘而感伤，到了滦阳后，记下了以上这些。

奴不及狐

【原文】

小时闻乳母李氏言，一人家与佛寺邻，偶寺廊跃下一小狐，儿童捕得，絷缚鞭棰，皆慑伏不动。放之则来往于院中，绝不他往。与之食则食，不与亦不敢盗，饥则向人摇尾而已。呼之似解人语，指挥之亦似解人意。举家怜之，恒禁儿童勿凌虐。

一日，忽作人语曰："我名小香，是钟楼上狐家婢。偶嬉戏误事，因汝家儿童顽劣，罚受其蹂躏一月。今限满当归，故此告别。"问："何故不逃避？"曰："主人养育多年，岂有逃避之理？"语讫，作叩额状，翩然越墙而去。时余家一小奴窃物远扬，乳母因说此事，喟然曰："此奴乃不及此狐！"

【译文】

小时候听乳母李氏说，一户人家挨着佛寺居住。一天佛寺廊殿上突然跳下一只小狐狸，被儿童们捕捉住了，用绳子绑住鞭打，小狐趴在地上不动。放开它就在院子中来来往往，绝不到别处去。给它食物就吃，不给也不敢偷，饿了就向人摇尾巴。叫它好像懂得人的语言，指示它做什么好像也懂得人的意思。全家人都很怜爱它，禁止孩童们虐待它。

一天，它忽然说起了人话："我名叫小香，是钟楼上狐家的婢女。有一次贪玩误了事，因为你们家的儿童顽皮，罚我受他们虐待一个月。现在期限到了，应当回去，因此向你们告别。"问它为什么不逃避。它说："主人养育我多年，岂有逃避之理？"说完，做出叩头的样子，然后轻轻地翻墙走了。当时我家一个小奴偷了东西远走高飞，乳母就说了这个故事，叹息说："这个小奴竟然还不如这只狐狸。"

狐善画

【原文】

狐能诗者，见于传记颇多，狐善画则不概见。海阳李丈砚亭言，顺治、康熙间，周处士璕薄游楚豫。周以画松名，有士人倩画书室一壁。松根起于西壁之隅，盘拏夭矫，横径北壁，而纤末犹扫及东壁一二尺，觉浓阴入座，长风欲来。置酒邀社友共赏。

方攒立壁下，指点赞叹，忽一友拊掌绝倒，众友俄亦哄堂。盖松下画一秘戏图，有大木榻，布长簟，一男一妇，裸而好合，流目送盼，媚态宛然。旁二侍婢亦裸立，一挥扇驱蝇，一以两手承妇枕，防蹂躏坠地。乃士人及妇与媵婢小像也。哗然趋视，眉目逼真，虽童仆亦辨识其面貌，莫不掩口。

士人恚甚，望空指划詈妖狐。忽檐际大笑曰："君太伤雅。曩闻周处士画松，未尝目睹。昨夕得观妙迹，坐卧其下不能去，致失避君。未尝抛砖掷瓦相忤也，君遽毒詈，心实不平，是以与君小作剧。君尚不自反，乖戾如初，行且绘此像于君家白板扉，博途人一粲矣。君其图之。"盖士人先一夕设供客具，与奴子秉烛至书室，突一黑物冲门去。士人知为狐魅，曾诟厉也。

众为慰解，请入座，设一虚席于上。不见其形，而语音琅然。行酒至前辄尽，惟不贪肴馔，曰：“不茹荤四百余年矣。”濒散，语士人曰：“君太聪明，故往往以气凌物。此非养德之道，亦非全身之道也。今日之事，幸而遇我，倘遇负气如君者，则难从此作矣。惟学问变化气质，愿留意焉。”丁宁郑重而别。回视所画，净如洗矣。

次日，书室东壁忽见设色桃花数枝，衬以青苔碧草。花不甚密，有已开者，有半开者，有已落者，有未落者，有落未至地，随风飞舞者八九片，反侧横斜，势如飘动，尤非笔墨所能到。上题二句曰：“芳草无行径，空山正落花。”不署姓名，知狐以答昨夕之酒也。后周处士见之，叹曰：“都无笔墨之痕，觉吾画犹努力出棱，有心作态。”

【译文】

狐狸能做诗的，传记中多有记载。狐狸善画，就不大常见了。海阳人李砚亭先生说，顺治、康熙年间，处士周珛游历湖北、河南一带。他以画松著名，有个读书人请他在书房的墙上作画。周处士画的松树根生在西墙一角，枝干伸展到北墙，树梢还占了东墙一二尺的地方。只觉满座浓阴，似乎有风吹来。士人准备酒肴邀请朋友一起欣赏。

大家正聚在一起指点赞叹，忽然一人拍掌大笑，其他朋友接着也都哄堂大笑。原来松树下画着一幅秘戏图，画面上有张大木床，床上铺着席子、一男一女正赤裸着相交，眉目含情，媚态逼真。旁边有两个侍婢也赤裸站着，一个拿着扇子赶蚊蝇，一个用两手扶住女人的枕头，防止她掉到地上。这是士子和妻子以及妾婢的小像。大家争相来看，画中人一个个都很相像，即使是童仆也能认出画中人是谁，没有不掩口而笑的。

士人大怒，对着空中骂妖狐。忽然房檐上有人笑道："你太伤大雅。以前听说周处士善于画松树。我没有亲眼看见过。昨晚观赏他的画，坐卧在画下舍不得离去，以致没来得及避开你。我也没曾抛砖扔瓦得罪你，你就大骂起来。我心中不平，因此和你开个小玩笑。你还不反省，还是那样粗暴无礼，那我将把这幅图画在你家门上，叫路人也来乐乐。你考虑一下吧。"原来士子昨晚准备请客的用具，和奴仆举着灯到书房，突然有个黑色的东西冲开门跑了。士子知道是狐魅，大骂一通。

大家都来说情，摆了一桌酒席，设一虚席，请狐入上座。不见狐狸的身影，但它说话声音洪亮。酒到跟前就干了，但它不吃菜，说有四百年没吃荤了。临散去时，狐狸对士子说："你太聪明了，所以往往盛气凌人，这不是修养德行的方式，也不是保全自己的方式。今天的事幸亏遇上的是我，如果遇上像你那样任性使气的，就将招来大祸了。只有学问能够改变人的气质，请你努力。"狐狸郑重地叮嘱后告别走了。再看墙土的画，已经消失了，像洗过一样干净。

第二天，书房的东墙上，忽然出现几枝艳丽的桃花，衬着青苔碧草。花不很密，有已经开了的，有未开的，有已经落下的，有八九片落下却还没掉到地上的，随风飘舞，花瓣正侧横斜，好像在飘动，尤其不是笔墨所能表现出来的。上面写了两句诗："芳草无行径，空山正落花。"没有署名，知道是狐狸来答谢昨夜的酒宴。后来周处士看见这幅画，叹道："一点儿没有笔墨的痕迹，相比之下，我的画实在有些做作。"

旧仆悔过

【原文】

同年胡侍御牧亭，人品孤高，学问文章，亦具有根柢，然性情疏阔，绝不解家人生产事，古所谓不知马几足者，殆有似之。奴辈玩弄如婴孩。尝留余及曹慕堂、朱竹君、钱辛楣饭，肉三盘，蔬三盘，酒数行耳，闻所费至三四金，他可知也。同年偶谈及，相对太息。竹君愤尤甚，乃尽发其奸，迫逐之。然积习已深，密相授受，不数月，仍故辙。其党类布在士大夫家，为竹君腾谤，反得喜事名。于是人皆坐视，惟以小人有党，君子无党，姑自解嘲云尔。后牧亭终以贫困郁郁死。

死后一日，有旧仆来，哭尽哀，出三十金置几上，跪而祝曰："主人不迎妻子，惟一身寄居会馆，月俸本足以温饱，徒以我辈剥削，致薪米不给。彼时以京师长随，连衡成局，有忠于主人者，共排挤之，使无食宿地，故不敢立异同。不虞主人竟以是死，中心愧悔，夜不能眠。今尽献所积助棺敛，冀少赎地狱罪也。"祝讫自去。满堂宾客之仆，皆相顾失色。

陈裕斋因举一事曰，有轻薄子见少妇独哭新坟下，走往挑之。少妇正色曰："实不相欺，我狐女也。墓中人耽我之色，至病瘵而亡。吾感其多情，而愧其由我而殒命，已自誓于神，此生决不再偶。尔无妄念，徒取祸也。"此仆其类此狐欤？然余谓终贤于掉头竟去者。

【译文】

我的同年胡侍御牧亭，孤僻清高，学问文章很有根底。但是性情疏懒迂阔，一点不懂治家和生产方面的事。古时所说的有人不知马有几条腿，他就有些像这种人。奴仆们玩弄他好像小孩。他曾留我和曹慕堂、朱竹君、钱半榍吃饭，只有三盘荤菜、三盘蔬菜、几杯酒，听说竟花费了三四两银子，其他事可想而知了。我们几个偶然谈起来，就相对着叹息。朱竹君尤其愤怒，把奴仆愚弄主人的事揭发了出来，逼迫他赶走奴仆。然而积重难返，奴仆们暗中传授骗术，不到几个月又恢复原先的状态。这些人的同伙分散在士大夫家，给朱竹君造谣，他反而得了个好管闲事的名声。于是人们对此都坐视不管，只以"小人结党，君子无党"姑且来自我解嘲。后来胡牧亭终究因贫穷郁郁而死。

死后第二天，有个旧时的仆人来了，哭得很悲伤，并拿出三十两银子放在桌上，跪着祷告说："主人不接妻子来，只一个人寄住在会馆里，俸禄本来足够吃穿的。只因我们这些人从中盘剥，以致柴米不继。那时京师的仆从已结成联盟，谁要忠于主人，大伙一起排挤他，使他没有吃住的地方，所以谁也不敢出来说句公道话。不料主人竟因此而死。我心中惭愧悔恨，夜里睡不着。如今把我的积蓄全部拿出来安葬主人，希望稍稍能赎罪。”祷告完后他就走了。满堂宾客的仆人都彼此相顾失色。

陈裕斋于是讲了一事，说有个轻薄公子看见一个少妇独自在新坟前哭泣，就走过去挑逗她。少妇严肃地说：“我不隐瞒你，我是狐女。坟墓中的人贪恋我的姿色，以致得痨病死了。我感念他的多情，而愧疚他因我而死，因此向神发誓，这辈子决不再找男人。你不要有邪念，那样只会自取祸患。”这个仆人就像这个狐女一样吧！我认为他们毕竟胜过主人死了掉头便走的人。

图书在版编目（CIP）数据

阅微草堂笔记：精选/（清）纪昀著；方晓译. —长沙：岳麓书社，2016. 5
（周读书系）
ISBN 978-7-5538-0499-6

Ⅰ. ①阅… Ⅱ. ①纪…②方… Ⅲ. ①笔记小说—小说集—中国—清代
②《阅微草堂笔记》—译文 Ⅳ. ①I242. 1

中国版本图书馆 CIP 数据核字（2015）第 291802 号

周读书系

YUE WEI CAOTANG BIJI (JINGXUAN)
阅微草堂笔记（精选）

纪昀 著 方晓 译

出 版 人：曾德明
丛书策划：朱建纲
责任编辑：彭卫才 张丽琴 吴 茵
整体设计：萧睿子

2016 年 5 月第 1 版第 1 次印刷
书 号：ISBN 978-7-5538-0499-6
开 本：787mm×960mm 1/32
印 张：7. 75
字 数：148 千字
印 数：1—5000
印 刷：长沙超峰印刷有限公司
定 价：14. 00 元

岳麓书社出版、发行
（湖南省长沙市岳麓区爱民路 47 号 邮编：410006）
网址：www. yueluhistory. com
湖南省新华书店经销

本社邮购电话：0731—88885616
若有质量问题，请直接与本社出版科联系调换